徳間文庫

偶然の殺意

中町　信

徳間書店

目次

主な登場人物

山内鬼一　四十五歳　浅草六丁目「鮨芳」の主人。
山内タツ　七十五歳　鬼一の母。
花房潤一　四十三歳　浅草五丁目で不動産屋を営んでいる。
花房佳子　潤一の別居中の妻。鴨川に住んでいる。
花房咲江　五歳　潤一と佳子の娘。
花房波次郎　三十七歳　潤一の母親違いの弟。浅草五丁目で酒屋を営んでいる。
堂島志津　三十三歳　潤一の父・佐太郎の妹・銀子の娘。自宅一階で居酒屋を営んでいる。
一之沢たか子　三十二歳　潤一の父・佐太郎の妹・久子の娘。経理事務所に勤務。
崎岡岳夫　たか子の元夫。浅草三丁目でブティックを営んでいる。
倉品花子　三十四歳　小料理屋「花や」を営んでいる。元婦人警官。

プロローグ

…………

…………

…………


「はい……」

私が短く受け答えたとき、電話から苦しそうな呻(うめ)き声が洩(も)れてきた。

「助けて……」

電話から、いきなりそんな声が流れ、私は思わず身を固くし、言葉を失った。

それは、堂島志津(どうじましづ)の声だった。

「……私を、ナイフで刺した……」

続けて、彼女はそんな言葉を切れぎれに発し、最後に人の名前を言った。

私は聞き返そうとしたが、足許がすくみ、言葉が出てこなかった。

堂島志津がその人物にナイフで刺され、死の寸前にあることは、私にも理解できた。

彼女の声はそこで途切れ、あとはなにも聞こえてこなかった。

通話を切った私は、彼女が完全に息絶えることを願いながら、電話の前を離れた。

…………

…………

…………

私が願ったとおりに、堂島志津はこの世から消え去ったのだ。

彼女の背中をナイフで突き刺した人物の名前を、私は知っていた。

電話から流れてきた、彼女の断末魔の声が、また私の耳許に聞こえた。

彼女がそのとき言葉に出した犯人の名前を、私は誰にも明かすまい、と改めて決心した。

それにしても、あの人物がなぜ堂島志津をナイフで突き刺したのか、私にはまだ理解できなかった。

第一章　三人の相続人

1

二月二日——堂島志津の死の十日前。

尿意をもよおし、薄汚ないトイレに駆けこんだ夢の途中で、山内鬼一（やまうちきいち）は眼を覚（さ）ました。

正面の壁時計を見ると、午後二時半をまわっていた。

昨夜、なじみの飲み屋を三軒わたり歩いたのが、てきめんに現われ、例によって完全な二日酔の状態だった。

山内は夕方までもうひと寝入りしようと思い、体を縮めて掛け布団にもぐりこんだ。

だが、その五、六分後に、山内がゆっくりと寝具から起き上がったのは、先刻からの尿意に耐え切れなくなったからである。

山内がふらつく足どりで階段をおり、階下の居間にはいると、母のタツがこたつでお茶を飲んでいた。

「また、飲んだくれたね」

テレビの画面を見入ったまま、タツがしわがれ声で言った。

「のようだね」

「しっかりしておくれ。もう店を開ける時間なんだからね」

「今日は、臨時休業にしようかと思って」

「ばかお言いでないよ。そうでなくても、このところ実入りが少ないんだからね。私を飢え死にさせよってのかい」

「わかった。わかったよ」

山内はそう言いながら、廊下の奥のトイレに駆けこみ、倒れこむようにして便器に腰をおろした。

山内鬼一、四十五歳。

人なつこい細い眼をした、誰からも好かれる邪気のない男で、浅草六丁目の馬道通りぎわで、「鮨芳（すしよし）」という小さな鮨屋を経営していた。

山内は二十八歳のときに世帯を持ったが、妻と母のタツとの長年の確執が引き金になり、十年ほど前に離婚していた。

以来、山内はずっと独り身を通し、母のタツと二人だけで古びた二階屋で生活していたのだ。

亡くなった父の代からの店だったが、創業以来一度も増改築を行なっていなかったので、狭い店内は薄汚れ、あちこちにがたがきていた。

山内は店で鮨を握る前は、名の通った私立大学の文学部に通い、将来は文筆で身を立てる志を持っていたのだ。

店は弟が継ぐものと思っていたが、弟は突然に会社勤めを始めてしまい、父が脳溢血(いっけつ)であっけなく他界してしまったために、山内は大学を二年で中退し、店で白の仕事着をまとう羽目になったのだ。

いやいや継いだ商売だったが、蛙(かえる)の子は蛙で、いつしか鮨屋の主人がぴったりと板に付き、文学への情熱もさめやっていた。

店が浅草の場末ということもあって、ほとんどが近所の常連客で、ために客の入りはいまひとつ延びなかった。

ことに最近は、不景気風もあって、客足はめっきりと減り、タツと二人で店のテレビを観て過ごす時間が多くなった。

そんなときには、山内は早い時間に店を閉め、お気に入りの和服に着替えて、外で飲むことにしていたが、そのために二日酔が途切れることはなかったのだ。

トイレを出た山内は、二階で寝るのを諦め、体の酔いを取るために、タツのわかしてくれた風呂にはいった。

風呂から上がり、仕事着に着替えて店に顔を出すと、珍しいことに四人前の出前の注文がはいっていた。

従業員のいないこの店では、出前はもっぱらタツが担当していた。

七十五歳になるタツは、最近顔の皺こそ増えたが、きわめてかくしゃくとし、病気ひとつしたことがなく、山内を上まわるほどの元気さだった。

常連客の花房潤一が、ふらりと店に顔を見せたのは、タツが出前から戻った直後のことだった。

「らっしゃい。お久しぶり」

山内は色白のやせた顔に笑みを刻み、威勢よく声をかけた。

「ごぶさた。おにちゃん」

花房は笑顔で言って、カウンターの一番端に腰をおろした。

「おにちゃん」はもちろん、鬼一の鬼からきたもので、常連客のほとんどが、山内をそう呼んでいた。

　花房潤一は、浅草五丁目で小さな不動産屋を経営している、四十三歳の陽気な男で、山内の幼馴染みだった。

　山内と同じに文学好きで、おまけにアルコール好きだったので、山内とは大学時代から親しい交わりを続けていた。

　花房はビールを注文したが、こんな明るい時間からどこかで飲んだらしく、ふっくらとした顔をほんのりと染めていた。

　花房は山内とは違って、かなりの酒豪で、大の洋酒党だった。

　タツが、ビールと付き出しを花房の前に置きながら、

「しばらくじゃないの、潤さん」

「なにか良いことあったね。今日は、しょぼくれてないようだから」

と言った。

「わかっちゃうんだな、やっぱり」

「仕事でも急にうまくいったのかい？」

「だめ、商売のほうは。このところ、儲けなしときてるから」

「そいじゃ、財布でも拾ったのかい？」

タツが、続けて訊ねた。

「そんなけちな話じゃないよ」

「じゃ、万馬券だ」

山内が言った。

花房は山内と同じに、大の競馬ファンで、時おり依頼されて雑誌に予想記事を書いていたのである。

「馬じゃない。それに、宝くじでもない」

花房は笑いながら、グラスのビールをぐい飲みした。

「じゃ、なにさ。もったいつけずに話したら。どうせ、たいした話じゃないんだろう」

とタツが言った。

「死んだおやじのおやじ――つまり、おれのぢいさまのことなんだがね。先日亡くなったんだよ、八十九歳とかの高齢でさあ。名前は、花房大作といってね」

花房はそんなことを、口許をほころばせながら、うれしそうに言った。

「ほう」

花房にそんな高齢の祖父がいたことなど、山内はこれまで知らなかった。

「おれのおやじ――佐太郎さんは千葉県の鴨川市の出身でね、大作ぢいさまの長男なんだ。

その下には、銀子（ぎんこ）、久子（ひさこ）という二人の妹がいたんだ」

「うん。うん」

　名前までは憶えていなかったが、花房の父が三人兄妹の長兄だったことは、以前に花房から聞いたことがあった。

「おやじを含め、その三兄妹は、おれが二十（はたち）のときに、そろって死んじまってねえ」

「うん。知ってるよ、それも」

　山内はうなずき、タバコに火をつけた。

　その三人の兄妹が亡くなったのは、二十年ほど前で、飛行機事故によるものだった。

　一緒に旅行していた三人は、帰りの飛行機がエンジントラブルを起こし、山中に墜落したために、三人そろって同時に命を落としてしまったのである。

　その事故のことは、もちろん当時大きく報道されたが、二百人近くの搭乗客全員が死亡するという大惨事だった。

「知ってのとおり、おれのおふくろは十五年ほど前に亡くなった。それに、叔母の銀子と久子の亭主も、十年ほど前に前後して亡くなってんだ」

　花房は笑みを絶やさずに、そんな話を続けた。

2

「ねえ、潤さん」

傍らから、母のタツが言った。

「いったい、なにが言いたいのさ。そんな亡くなった身内の話なんか持ち出したりして」

「まあ聞いておくれよ。話には順序ってもんがあんだから」

「簡単に願いたいねえ。あたしゃ、トイレに行きたいんだからさ」

タツはそう言って、下半身を左右に振った。

「おれがぢいさまに最後に会ったのは、二十年前のおやじの葬式のときだった。それ以来、会ったことはないし、たよりももらったことはなかったんで、ぢいさまがいるなんてことはまったく忘れてたんだ」

花房は言って、付き出しのゲソを口にほうりこんだ。

「そんなぢいさまのことを思い出したのは、六日前の夜のことだった。法律事務所の荒木(あらき)という弁護士から電話があって、ぢいさまの死を知らされたんだ」

「弁護士から？」

山内はこのとき、花房の話の内容を、おおまかに理解した。

「弁護士の話を聞いて驚いちまったよ。ぢいさまはブラジルに長いこと住みつき、事業に成功して、大金持になってたんだってさあ」

と花房が言った。

「つまり、潤さん」

山内が言った。

「その弁護士の話というのは、おじいさんの遺言状に関するものだったんだろう？」

「そう。その遺言状だよ」

「すると、潤さん。その亡くなったおじいちゃんから、いくらか遺産がもらえるってことかい？」

タツが、花房のふくよかな顔をのぞきこんだ。

「そのとおり」

花房は笑いながら、タツの皺だらけの顔を軽く撫（な）ぜた。

「へええ。うまくやったねえ、潤さん」

「どでかい幸福が、転がりこんできたのさ。不動産の仕事が、にっちもさっちも行かなくなったときだけに、おれは飛び上がって喜んだよ。日ごろ信心してる神様が、おれを助けてくれたんだ」

「で、潤さん」

　タツが、気忙しく訊ねた。

「いったい、その遺産は、いくらなんだい？」

「相続税を差し引いて、三億」

　花房が、あっさりと言った。

「三億……」

　タツは高らかに言って、総入歯の口をぽかんとあけた。

　想像もしなかった話だけに、山内も驚き、かなりの衝撃を受けた。

「ただしだ。その全額を、このおれ一人が相続するわけじゃないんだ」

「ほかに誰が？」

　タツが訊ねた。

「じいさまの遺言状によると、遺産の半分――つまり、一億五千万を若い後妻に。そして残りの半分を三人の孫に、と書かれているんだ」

「三人の孫……」

「一人は、このおれ。次に叔母の銀子の娘の堂島志津。そして、久子の娘の一之沢たか子だ」

　と花房が言った。

「志津さんとたかちゃんにも……」

　花房のいとこに当たる堂島志津と一之沢たか子の二人は、同じ浅草に住んでいて、この店にも顔を見せる常連客だった。

　堂島志津は、細いやせた顔だちをした、三十三歳の小柄な女性で、自宅の一階で小さな居酒屋を経営していた。

　三十二歳の一之沢たか子は、目鼻だちの整った、清楚な感じの女性で、四年ほど前までは探偵事務所の調査課に勤めていたが、現在は浅草の経理事務所で働いていた。

　堂島志津は未婚だったが、一之沢たか子は二年ほど前に夫と離婚し、山内の店の近くのマンションに一人で生活していた。

「つまり、三人の孫が、その一億五千万を仲よく分け合うということなんだ」

「すると、一人が五千万。へええ、すごいねえ」

　とタツが言った。

「誰か相続を辞退する者が出た場合には、その分は、残りの二人のものになる、とも弁護士は話していた」

花房が言って、新しいビールを注文した。

「辞退するわけないだろうが。五千万もの大金を」

タツはビールを花房の前に置くと、

「じゃ、潤さん。誰かが急に亡くなった場合にも、そうなるわけかい？」

と訊ねた。

「相続人が死亡した場合には、遺産は相続人の実子に渡ることになっててね」

と花房が答えた。

「実子に……」

「そう。あくまでも、相続人と血のつながった、実の子にだ。知ってのとおり、志津とたか子の二人には、腹を痛めた子どもはいない。だから……」

「志津さんが死亡したとしたら、五千万はたかちゃんと潤さんの二人で分けるということだね」

「そう。そして、たか子が死亡した場合にも、五千万は二等分されることになる」

「じゃ、かりにさ、潤さんが死んじまった場合には……」

「私には、ちゃんと血のつながった実子がいる。私が死亡しても、五千万は二人には渡らず、娘の咲江（さきえ）が相続するってわけさ」

と花房が言った。

花房潤一には、佳子という幼馴染みの妻がいたが、不仲になり、半年ほど前から別居生活をしていたのだ。

二人の間には、五歳になる咲江という幼稚園児がいたが、現在は花房が手許に置いて育てていた。

「あの咲江ちゃんに遺産がねえ……」

タツが、つぶやくように言った。

咲江は父親の花房に似て、頰がふっくらとして、眼の大きな、利発そうな娘だった。

「それはあくまでも、このおれが死んだらの話だよ」

「じゃ、かりに、志津さんとたかちゃんの二人が死んだ場合には、一億五千万はそっくり……」

「そう。このおれが相続するってわけだ」

花房は言って、ちょっと複雑な笑みを見せた。

「弁護士に会って、書類に署名捺印するんだが、相続締結期日というのがあってね。その期日に署名捺印しない場合には、相続権を失うんだそうだ」

「その期日っていうのは、いつ？」

トイレに行きたいと言っていたタツは、そのことも忘れて、花房に質問を続けた。

「三月十日。あと五週間あまりだ」

「その間に、誰も亡くなるようなことはないだろう。わずか五週間だもの」

「少なくとも、このおれだけはね」

「一億五千万か……すごいねえ、まったく。うちじゃ、税金も満足に払えないっていうのにさ」

タツは大きくため息をつき、山内を上目使いににらみつけた。

「ところで、潤さん」

山内が訊ねた。

「相続人は、志津さん、たかちゃん、それに潤さんの三人だけ？」

「ああ。いまも話したように、遺産は三人の孫に残されたんだ」

「でも、孫はもう一人いるじゃないか」

山内が言うと、花房は急に笑みを消し、ちょっと固い表情をつくった。

「ああ」

「そう、そう。あたしも、そのことを訊ねようと思ったんだ」

タツが言った。

「つまり、弟の波次郎のことだろう」

「そう。波さんも、孫の一人には違いないだろうに」

「波次郎は、腹違いの弟だ」

　と花房が言った。

「わかってる」

　潤一より六つ年下の花房波次郎は、潤一の父の囲い者だった料理屋の仲居に産ませた子であることは、山内もかなり以前から知っていた。

　母親の仲居が若くして病死したために、潤一の父親が波次郎を引き取り、潤一と一緒に育ててきたのだった。

「一億五千万の遺産相続人の中には、波次郎の名前は記されていないんだ。相続人はあくまでも、志津、たか子、そしてこのおれの三人だけだ」

　と花房が言った。

「そんな。それじゃ、波さんがかわいそうじゃないか」

　タツが言った。

「波次郎をはずした理由は、しかとはわからないけど、愛人の子だからとしか考えられないな。ぢいさまは、おやじが波次郎を手許に引き取ることには、反対したそうだし」

「でもさ、それにしても……」

タツが言いかけたとき、たてつけの悪い入口のドアが開き、野球帽をかぶった男がゆっくりと現われた。

3

店にはいってきたのは、ビールの箱を抱きかかえた花房波次郎だった。

「ああら、波さん。噂(うわさ)をすれば、なんとやらだ」

タツが言った。

「毎度ありい」

波次郎は山内に会釈し、ビールの箱を奥の台所に運んだ。

花房波次郎は、浅草五丁目の馬道通りで酒店を営んでいる、三十七歳の独り身の男だった。

兄の潤一とは違って、顔は細長くやせていたが、目鼻だちはよく似かよっていた。

潤一とは対照的に、気弱で陰気な感じを与えたが、誠実で物静かな男だった。

「波次郎。しばらくだな。こっちに来ねえか」

花房はそう言って、手招きした。

「元気そうだね、兄さん。一度、訪ねたいと思ってたんだが」

波次郎はやせた陰気な顔に、かすかな笑みを刻みながら、花房の隣りの椅子に腰をおろした。

「まあ、一杯いこう」

花房が、空のグラスを波次郎に突き出した。

「いや。私はアルコールは……それに、仕事中だから」

「まあ、いいから飲め。仕事だって、どうせひまなんだろうが」

花房は波次郎のグラスに、ビールを乱暴に注ぎ入れた。

「このところ、まるっきしで。酒店も楽じゃないですよ」

波次郎は、山内にそう言った。

兄の潤一から譲り受けた波次郎の店は、山内の店と似たり寄ったりの古ぼけた造りで、最近客足は途絶え、注文配達でどうにか商売していたことを、山内は知っていた。

「さっきまで、遺産の話をしてたとこ」

タツが、波次郎に言った。

「そうですか。あの話には驚きました。あの祖父が、大金持になっていたなんて」

注がれたビールをそのままにして、波次郎が小声で言った。

「潤さんは、突然に大金持になったんだからね。まったく、羨ましいよ」

「ええ、まったく」

「それなのにさ、波さんには一銭も行かないなんて、まったく不公平だねえ」

「仕方ありませんよ。祖父の決めたことですから」

「でもさあ。腹違いだからって、なにもそんな差別をつけることないのにねえ」

「でもね、おばあちゃん」

花房が、タツに言った。

「波次郎は、相続人から完全に除外されたわけじゃないんだ」

「でもさ。さっきの話じゃ……」

「いや。波次郎にも、相続のチャンスが残されているんだ」

「へえ。そりゃ、どういうことだい？」

タツが訊ねたが、山内もその話の内容をよく理解できなかった。

「とても、チャンスなんて言えたもんじゃないんですよ」

花房に代わって、波次郎が言った。

「だからさ、どういうこと？」

　タツが、波次郎を促した。

「兄さんの前ですが、もし兄さんが亡くなった場合には、遺産は実子である咲江ちゃんが相続することになります」

「うん。そのようだね」

「兄さんが亡くなり、そして志津さんとたか子さんの二人も亡くなった場合には、咲江ちゃんがその二人の分も相続することになるんです」

「うん。正確に言えば、咲江ちゃんの母親、佳子さんがね」

「まあ、そうです」

「それでさ、波さんのチャンスとかいうのは？」

　タツが重ねて訊ねると、波次郎が薄い唇にかすかな笑みを刻んだ。

「兄さんを含めた三人の相続人が亡くなり、そしてさらに咲江ちゃんが亡くなった場合に限って、私にも相続権が発生するというわけなんです」

　波次郎が、そう答えた。

「咲江ちゃんが亡くなった場合……つまり、相続人のみんなが亡くなった場合、ということだね？」

「そうです。じつに、ばかげた遺言状ですよ」

「その場合は、いくら相続できるんだい？」

「全額です。つまり、一億五千万」

と波次郎が答えた。

「へええ。それにしても、そのおじいちゃんは、よっぽどの変わり者だったとみえるね。それなら、最初から波さんを相続人の一人に加えておけばいいのにさ」

「祖父は、そうしたくなかったんでしょう。愛人の子ということで」

波次郎は小声で言って、はじめてビールに軽く口をつけた。

「ほんとに、ばかにしてるねえ」

「しかしな、波次郎」

花房が、酔いの回った顔を波次郎に向けて、

「チャンスがないわけじゃないぞ。東京に直下型の大地震が起こり、おれを含む相続人全員が、いっぺんに死んじまったとしたら、おまえは一瞬にして億万長者になれるわけだから」

と言った。

「兄さん。私は知ってのように、運の悪い男だ。そんな大地震が起こったら、まっ先に建物の下敷きになるのは、この私だよ」

波次郎は言って、また小さな笑みを浮かべた。

山内はこのとき、半ば聞き流すようにしていたが、あとになって、そんな二人の会話を時おり複雑な思いで思い起こすことがあったのだ。

「それはともかくとしてさ、潤さん。遺産がはいったら、波さんにもいくらか融通してやりなね。なにせ、兄弟なんだから」

タツが言ったが、花房は赤い眼を宙に据えたまま、なんの言葉も返さなかった。

「じゃ、わたしゃ失礼して」

先刻からの尿意に耐え切れなくなったようで、タツはその場を離れると、奥の居間に駆けこんで行った。

「ところで、兄さん」

波次郎が、小声で言った。

「佳子さんは、その後元気にしているの？」

「さあね。娘の咲江のことで、ほんの時たま、電話がかかってくるけどな」

「咲江ちゃんは、佳子さんに会いたがっているんだろう？」

「まあね」

「やはり、元どおりに一緒に暮らすべきだよ。咲江ちゃんのためにも」

波次郎は平素に似ず、強い口調で言い、花房の横顔を見入った。

「しかしな、波次郎。別居を申し入れたのは、佳子のほうなんだぜ。おれが謝る義理はないんだ」

潤一が不機嫌に言って、赤い顔を歪(ゆが)めるようにした。

「でもね、兄さん……」

「潤さん」

山内が、言葉をはさんだ。

「波さんの言うとおりだよ。親子三人、一緒に暮らすのが一番だ。だから、つまらない意地をはらないことだ」

「なあに、佳子のほうから、必ず折れてくるさ。おれが遺産の相続人に決まったことを、佳子が知らないはずがないんだから。佳子は、そういう女なんだ」

花房が言った。

花房波次郎は、そんな潤一の横顔を見つめていたが、やがて山内に軽く会釈して、黙って店を出て行った。

第二章　揺れる外房

1

二月三日。

夜の九時近くに、常連の夫婦づれの客が帰ってからは、店に客の現われる気配はなかった。

山内鬼一は十時になるのを待って、和服に着代え、店の片隅のレジから現金を摑(つか)み取った。

「出るのかい？」

居間から母のタツが顔を出し、例によって不機嫌そうに言った。

「ああ。ちょっとね」

「飲むんなら、家でやればいいのに。金を捨てるようなもんじゃないか」

「私らみたいな居職の人間はね、家じゃ飲みたがらないもんなんだ。それにさ、ばあちゃんの顔見て飲んでも、うまくないしね」

「また、『花や』だろう?」

「花や」とは、花川戸一丁目にある、山内の行きつけの小料理屋だった。

「かもね」

「おまえのことを、うちのお客が噂していたよ」

「ほう。なんて?」

「『花や』のママに血道を上げてるってさ。しようもない子だよ、ほんとに」

「なんとでも言わせておくさ」

「あのママの、いったいどこがいいんだい。口から先に生まれてきたような、はすっぱな女でさあ」

「まあ、見解の相違というやつだね」

「とにかく、新しい嫁をもらうことが一番だ。先だっての見合写真、あれどうなった?」

雪駄をはいて、店を出ようとした山内の背中に、タツのそんな声が聞こえた。

「拝見しましたよ、ばっちりと」

「また、気に入らないのかい？」

「顔や姿はともかくとして、今度からは年齢制限をしてほしいね。これまでには、四十を過ぎた子連れがあったし、その前のは、私より年上だったぜ。私はね、茶呑み友だちと一緒になる気はないんだから」

　山内が言った。

「またあ。おまえのような、しょぼくれた四十男のところに、二十代の娘がくるとでも思っているのかい」

「なにも、ぴちぴちギャルを所望とは言ってないよ」

「とにかく、午前さまは、やめとくれ。あしたのお昼に、お寺さんの大事な出前があるんだから。お忘れでないよお」

　通りに出た山内を追いかけ、タツがまた声をかけた。

2

　山内は隅田川の手前でタクシーをおり、水上バスの発着所のある吾妻橋のたもとに向かってゆっくりと歩いて行った。

山内は子どものころから、隅田川のこのあたりの風物が好きで、大学時代にはよく思索しながら、そぞろ歩いたものだった。

離婚した妻と最初に出会ったのも、この場所で、一緒に水上バスに乗った想い出が、山内の胸にほろ苦くよみがえった。

暗い川面を眺めながら、タバコを喫い終わった山内は、足早に「花や」に向かった。

「花や」は三年ほど前に開店した、狭いながらも、小ぎれいな落着ける小料理屋で、独り者のママ、倉品花子（くらしなはなこ）が経営していた。

山内が店の木造りのドアをそっと開けると、いきなり中から、女性のかん高い声が聞こえてきた。

「福は内、鬼は外……鬼は外……」

花子のそんな声を聞き、山内ははじめて、今日が節分の日だったことを思い出した。

「よう。おはよう」

店にはいって、山内が声をかけると、奥の四帖（じょう）半の客室から、和服姿の花子が顔を見せた。

「あら、おにちゃん。いらっしゃい」

花子が明るく迎えて、最後の豆を天井に向かって投げつけた。

「鬼は外、とは愉快じゃないね。私を追い出しているみたいで」

山内が言った。

「あら。ほんとね」

花子は白い歯を見せ、明るく笑った。

「それにしても、花ちゃんは意外と古風なんだね。節分の行事をとり行なうなんて」

「浅草寺の舞いは、毎年見るんだけど、豆まきは今年はじめてやってみたの。なにか、いいことがあるんじゃないかと思って」

花子は小首を傾げて笑い、山内を見た。

花子は三十四歳になる、小柄ながら、肉付きのいい魅力的な肢体の持主で、まさに山内好みの女性だった。

丸いあどけない顔をし、黒々とした大きな眼と、小さな口許が男心を誘った。

花子は、婦人警官あがりという異色の経歴の持主で、三年前に飲んだくれの亭主と離婚し、その手切金で、この店をひらいたのだった。

水商売がはじめてにしては、花子は客の扱いに馴れていて、相手の気をそらすことはなかった。

母のタツが言ったように、たしかに口数は多かったが、話が明るく上手で、そんな相手の陽気さにつられ、山内はついつい杯を重ねてしまうのだった。

「ビールもらおうか。それと、ご自慢の手づくりのおからを」

花子の白い襟足を、それとなく眺めながら、山内が言った。

「一時間ほど前に、花房の潤さんが、久しぶりに顔を見せたの」

「ほう、潤さんがねえ。もちろん、遺産の話を聞かされたと思うけど」

「そう。驚いちゃった。と言うより、羨ましかったわ。私にも、そんなおじいちゃんがいたらなあと思ったりして」

「花ちゃんにも、たしかおじいちゃんがいたんじゃなかったっけ」

「ええ、群馬県の田舎にね。でも、三年前のお正月に、餅をのどに詰まらせて、亡くなっちゃったの」

「へえ」

「遺産どころか、借金を残してね」

花子がビールのせんを抜いたとき、店のドアが開き、茶色のレザーブルゾンを着た長身の男が姿を見せた。

「あら、崎岡さん。いらっしゃい」

花子が、明るく声をかけた。

「やあ、山内さん。相変わらず、和服が似合ってますね」

崎岡はそんな挨拶をして、山内から二つ離れた椅子に腰をかけた。

崎岡岳夫は三十五、六歳のはずだが、整った渋い容貌のために、年齢よりかはいくぶん老けて見えた。

縁なしの眼鏡をかけた、その細い顔には、気品が漂い、口ひげもそんな容貌によく似合っていた。

「おばあちゃんは、お変わりありませんか」

崎岡が、山内に言った。

「ええ。あの調子だと、百までは固いですね」

崎岡は浅草三丁目の一角で、ブティックを経営していて、以前はよく山内の店にも顔を出したのだが、母のタツとちょっとしたことで折合いが悪くなり、それ以来足が遠のいていたのである。

「ねえ、崎岡さん」

付き出しを手にしながら、花子が言った。

「花房さんたちの遺産相続の話、もう知ってるでしょ？」

「ああ。聞いたよ。驚きだね、一億五千万とはねえ」

「こんなことになるんだったら、たか子さんと別れなければよかったのにねえ」

と花子が言った。

崎岡は遺産相続人の一人である、一之沢たか子の夫だった男で、二年ほど前に離婚していたのである。

「好きで別れたわけじゃない。私の働きが悪かったんで、お払い箱にされたってわけさ」

崎岡は笑うと、

「彼女に大金持の祖父がいると知っていたら、離婚届けに判を押すんじゃなかったな」

と言った。

「たか子さんに、未練があるんでしょ。だったら、復縁を迫ってみたらどう」

「よく言うよ、花ちゃんは。それこそ、世間の物笑いだ」

崎岡は再び笑ったが、その笑顔には、どこかかげりが見えた。

3

常連客の一人、堂島志津が店に現われたのは、山内が新しいビールを注文したときだった。

「こんばんは」

志津は山内と崎岡に挨拶し、派手な赤いコートを脱いで、山内の左隣りに腰をおろした。

「早い時間に見えたのね。お店のほうは？」

と花子が訊ねた。

「頭にきちゃったんで、早じまいにしたの。客のこない店で、ぼけっとしているのも、苦痛なもんだわ」

と志津が言った。

志津はやせた神経質そうな顔に似て、口調はどこか刺々しかった。

「居酒屋の商売なんて、もうどうでもいいだろうが。途方もない大金が転がりこむんだから」

崎岡岳夫が、笑いながら言った。

「でも、大金だとは、決して思ってないわ」

「五千万が、はした金だとでも言うのかい。私なら、なにも働かずに、十年は楽に食っていける金だよ」

「一億五千万というのなら、大金というイメージがわくけど」

志津は表情を変えずに、崎岡にそう言った。

「つまり、遺産を一人じめにしようという意味かね？」

「できることなら、そうしたいものね」

志津は真顔で言って、すぐに小さな笑みを赤い唇に刻んだ。

「詳しいことは知らないけど、相続人の一人が亡くなったとしたら、志津さんの相続分は、それなりに多くなるんでしょ？」

と花子が言った。

「そう。けど、その亡くなる人物は、たか子さんに限られるの」

「あら、なぜ？」

花房潤一から、分配についての話を聞いていなかったのか、花子は眼を丸くして訊ねた。

「花房の潤さんが亡くなった場合には、その相続分は、血のつながった実子、娘の咲江ちゃんに渡ってしまうからよ」

「なるほど。つまり、実際には、母親の佳子さんが相続することになるわけね」

花子が言って、志津のグラスにビールを注（つ）いだ。

「佳子さんは、潤さんと別居中だったね。たしか、鴨川（かもがわ）のマンションに移り住んでいるとか」

短い沈黙のあとで、崎岡が思い出したようにして、志津に言った。

「そう。潤さんの実家の近くの、古いマンションにね」

「二人は、どうして別居したの？」

「以前から、うまく行っていなかったみたいね。別居するに至ったのは、金銭上のもめごとからみたい。この不景気で、潤さんの不動産の仕事がうまくいかなくなり、夫婦仲がさらに険悪になったのよ。佳子さんって、わがままなとこがあるから」

眉根（まゆね）を寄せるようにして、志津が言うと、グラスのビールをひと息に飲みほした。

志津はアルコール好きで、一晩にボトル半分を軽くあけるほどの酒豪だった。

「でも、潤さんには遺産がはいり、金銭的な苦労がなくなったとしたら、夫婦仲は元に戻るんじゃないかしら」

と花子が言った。

「さあ、そこのところは、どうかしらね。私の見たところじゃ、潤さんの気持ちは、佳子さんから離れているみたいだから」

志津が言った。

「佳子さんは、だから潤さんが亡くなってくれることを祈っているかもね。潤さんが亡くなれば、遺産はすんなり潤さんの実子、咲江ちゃんに――つまり、自分の物になるんだから」

「なるほど」

崎岡が、志津に言った。

「三人の相続人が、すべて死亡した場合には、一億五千万の遺産は、佳子さんの手に渡るということだね」

「私は、そう簡単には死なないわ」

「もちろん、かりにの話だよ」

「ついでに訊ねるけど」

花子が言った。

「かりに、咲江ちゃんも亡くなった場合には——つまり、相続人のすべてが亡くなった場合には、いったいどうなるの？」

「遺産は、別の相続人の手に渡ることになるわ」

と志津が答えた。

「別の？」

「波さんよ。花房波次郎さんが、一億五千万を相続することになるわけ」

「波さんが……」

花子は大きな眼を見ひらき、山内を見た。

「そういうことなんだ。三人の相続人と咲江ちゃんが亡くなった場合は、すべてが波さんに渡ることになっているんだよ」

　と山内が言った。

「それにしても、ばかにした話ねえ。それだったら、最初から波さんを相続人の一人に加えておけばいいのにねえ。そのおじいちゃんというのは、よっぽど偏屈だったのね」

　花子が、母のタツとまったく同じ意味のことを言った。

「つまりね」

　グラスにビールを注ぎながら、志津が無表情に言った。

「つまり、波さんが遺産を手にできる可能性は、万にひとつもないってこと」

「さあ。それはどうかね」

　口ひげを軽く撫ぜまわしながら、崎岡が志津に言った。

「なにか大災害でも起こって、波さん一人だけが生き残るってことも考えられるからね」

「そんな、ばかな。私はどんな大災害でも、必ず生き残ってみせるわ。私ってね、強運なんだから」

「となるとだ」

　崎岡は細い顔に、わざとらしい笑みを浮かべながら、

「波さんが遺産を是が非でも相続したいと願うならば、その方法はひとつしかないね。つまり、関係者を一人一人、抹殺してしまうことさ」

と言った。

「崎岡さん。もうやめてよ、そんな恐しい話」

花子が、高い声で言った。

「もちろん、本気で言ってるわけじゃないさ」

崎岡が笑った。

「あの波さんに、そんなことできっこないわ。虫一匹殺せない、臆病(おくびょう)な人なんだから」

志津が言って、鼻先で笑った。

「そうかなあ。波さんは見かけによらず、胆のすわった、度胸のある男だと思うがね、私は」

「なんで?」

「別れた女房から聞いた話なんだけど、たか子は高校時代の夏、観音様の裏手で数人の男に暴行されかけたことがあったんだ。そのとき、波さんが駆けつけてきて、たか子の窮地を救ったんだそうだ。波さんはそのとき、半死半生の目にあわされて、病院にかつぎこまれたそうだけど」

と崎岡が言った。

「へえ。あの波さんがね。考えられないような話ねえ」

志津は笑ったが、そんな波次郎の義勇伝は、山内はかなり以前にタツから聞いていた。

4

短い時間、会話が途切れ、山内がおからに箸をつけようとしたときだった。

山内の上半身が、いきなり左右に揺らぎ、思わずも両手をテーブルについた。

地震だった。

「あ、地震……」

花子が叫び、背後の冷蔵庫に両手をまわした。

「大きいぞ、この地震は……」

崎岡が上ずった声を上げ、椅子から立ち上がった。

かなり激しい地震で、店の電灯が左右に大きく揺れ、棚のコップや食器が、がたがたと鳴った。

「こわい……どうしよう」

花子がまた叫んだが、山内も生きた心地はしなかった。

山内にとって、この世の中でなによりも恐ろしいものは、火事でも母のタツでもなく、この地震だった。

揺れはさらに激しくなり、建物の軋む音がし、棚の食器類が音をたてて転がり落ちた。

「こ、こりゃ、ひどい……」

崎岡は椅子から離れると、体ごとぶつかるようにしてドアを開け、戸外に飛び出た。

「花、花ちゃん。外に、外に出よう……」

山内は言って、椅子から立ち上がったが、足許がふらつき、歩くことができなかった。

花子も同じで、悲鳴を上げながら、冷蔵庫にしがみついたままだった。

「大丈夫よ。すぐにおさまるから……」

椅子に座ったまま、堂島志津が言った。

この地震のさなかに、平然としていたのは、志津一人だった。

「ああ、どうしよう……おにちゃん、助けてえ……」

突き上げるような激しい揺れが襲い、花子が金切声を上げたが、山内は恐怖で言葉が出なかった。

その大きな揺れを最後に、建物の軋む音がやみ、山内の体に安定感が戻ってきた。

「ほら、おさまった」

何事もなかったかのように、志津が言った。

「ああ、こわかった。死ぬかと思った……」

花子が冷蔵庫から両手を離し、肩で大きく息をした。

山内も生き返ったような思いで、椅子にぐったりと腰を落とした。

「ねえ、テレビつけてみて」

きわめて冷静な口調で、志津が花子に言った。

言われるままに、花子はリモコンで店のテレビをつけたが、地震に関する情報は、まだ流れてこなかった。

「ねえ、おにちゃん」

花子が、青白んだ顔を山内に向けながら、

「おばあちゃん、どうしてるかしら」

と言った。

「忘れてた。そうだ、ばあちゃんだ……」

山内は、思わず椅子から腰を浮かした。

家に残してきた、母のタツのことを、山内はいままで思い出すこともなかったのだ。

「家に戻るよ。お会計して」

にわかにタツのことが心配になった山内は、慌てて椅子から離れた。

「勘定は、あとでいいわ。それよりも、早く帰ってあげて」

と花子が言った。

「おばあちゃん、眼でもまわして倒れているんじゃないかしら」

志津のそんな言葉を背中に聞きながら、山内は店のドアを押し開けた。

タクシーをおりた山内が、店に駆けこむと、タツが三帖の座敷に座りこんでいた。

「遅かったじゃないか。あたしゃね、危うく心臓が止まるとこだったよ」

そう言ったタツの皺だらけの顔には、まだ恐怖がこびりついていた。

タツは、山内に輪をかけた大の地震ぎらいだったのだ。

「けがしなかった?」

「ああ。けど、カゼを引きそうだよ。寒気がしてさ」

「なんで?」

「あたしゃ、風呂にはいってたんだ。そしたら、いきなりあの地震がきて。驚いて風呂から飛び出してさ、すっぱだかのまんま、居間にうずくまってたんだよ」

タツが言って、大きなくしゃみをした。

「それじゃカゼも引くさ」

タツのそんな姿を眼に浮かべ、山内は思わずくすりと笑った。

5

山内は着替えをあとまわしにして、その場で店のテレビをつけた。

スポーツ番組が映されていたが、画面の上段に、地震に関するテロップが流されていた。

「東京　震度4。千葉　震度4」

というテロップが消えると、新たなテロップが出た。

「震源地　千葉県外房沖海岸。勝浦　震度5。鴨川　震度5……」

そんな白い文字が、山内の眼にはいった。

「鴨川が、震度5だってさ」

山内が、タツに言った。

「鴨川って言えば、佳子さんのマンションがある所じゃなかったかね」

「そう。たしか、潤さんのおやじさんが別荘にしていた『鴨川荘』とかいう。鴨川の太海(ふとみ)海岸の近くだと聞いたけど」

「大丈夫かね、佳子さんのマンション」

タツは山内からリモコンを取り、チャンネルを変えた。

その画面に映し出されていたのは、暗い海を背景にした、外房の街並みだった。

女性のニュースキャスターの顔が、画面の右端に現われ、その説明から、それが鴨川市の太海海岸の旅館街であることがわかった。

山内は、思わず画面に眼をこらした。

海ぞいの旅館街の大半の建物が崩れ落ち、そして大きく傾いていたからだった。

火事が発生していて、女性のニュースキャスターの背後に、二、三箇所から火の手が舞い上がっていた。

震度5の直下型の地震が、外房の勝浦市から鴨川市にかけての一帯を直撃した、とニュースキャスターは繰り返し報道していた。

タツはしばらく画面を眺めていたが、二度続けてくしゃみをすると、座敷から腰を上げた。

「あしたは早く起きとくれ。お寺さんの出前があるんだから」

タツはそう言い残して、居間に姿を消した。

タツが寝たあと、山内はチャンネルをあちこちに切り変えながら、二時近くまで悲惨な地震情報に見入った。
地震による死者と行方不明者の数は、時間を経るごとに増え続けていた。

第三章　避難所の死体

1

二月四日。

山内鬼一が母のタツの呼び声で眼を覚ましたのは、午前八時ごろだった。

パジャマ姿のまま、山内が眠い眼をこすりながら店に顔を出すと、スキーウェアを着た一之沢たか子が立っていた。

「ごめんなさい。こんな早くに起こしてしまって」

たか子は長い髪をかき上げながら、山内に挨拶（あいさつ）した。

たか子は堂島志津とは対照的に、目鼻だちの整った、スリムな女性だった。

「いやいや。今日は早起きする予定だったから」

あくびを嚙み殺しながら、山内が言った。

「じつは、これから車で、鴨川に向かうところなんです」

「鴨川に……佳子さんのことで、なにかわかったの？」

山内が訊ねた。

「ええ。佳子さんは運よくけがひとつしないで、避難したそうです。昨夜遅くに、潤一さんの家に電話があったんです」

とたか子が答えた。

「そうか。そりゃよかった」

「ほんと。よかった、よかった」

傍から、タツが言った。

「私の車ですが、潤一さんと志津さんも一緒なんです。佳子さんを見舞ったあと、ほかの親類を訪ねてみようと思って」

「道路は、大丈夫なの？」

「ええ。テレビのニュースで確認しましたから。もちろん混雑は避けられませんが、あの辺の裏道には馴れていますから」

長年にわたって探偵事務所に勤め、素行調査の仕事にたずさわっていたたか子は、車の運転が上手で、道路にも精通していた。

「じゃ、咲江ちゃんも一緒に？」

とタツが訊ねた。

「いえ。波さんに預かってもらうとか、潤一さんが話していましたけど」

「そう」

「じゃ、私はこれで」

「むこうに着いたら、連絡してね」

たか子を送って行きながら、山内が言った。

「別居していると言っても、やっぱし夫婦だね。潤さんも、わざわざ鴨川まで見舞いに行くんだからねえ」

とタツが言った。

「それにしても、よかった。佳子さんが無事でいてくれてさ」

山内が言って、大きくあくびをした。

その夜に、まったく思ってもみなかった悲報がもたらされたのだが、このとき山内はもちろん、知るよしもなかった。

2

浅草二丁目の善照寺に届ける出前のにぎりは、二十五人分で、山内は十一時ごろから仕事にとりかかった。

何回忌かの法要の参列者の昼食で、二か月に一度ぐらいの割合で、そんな大口の注文があった。

最近、売上げががた落ちの「鮨芳」にとっては、そうした出前は、じつにありがたかった。

二十五人分のにぎりを、軽乗用車で寺に運び終えた山内は、二階の部屋の寝床に再びもぐりこんで昼寝をとった。

午後三時ごろ、山内は電話の鳴る音で眼を覚ましたが、階下の母が留守にしていたとみえ、呼出し音は鳴りやまなかった。

山内は仕方なしに起き上がり、座卓の子機を耳に当てた。

電話は、鴨川に着いた一之沢たか子からだった。

「ああ、たかちゃん。どう、そっちのようすは？」

「思ったより、壊れ方がひどいので、びっくりしています。でも、水道、ガス、電気は平常どおり使えていますから」

とたか子が言った。

「そう。佳子さんは、元気にしているんだね？」

「ええ。住んでいたマンションは、二階がおしつぶされ、傾いていますが、佳子さんの三階の部屋は、家具が倒れた程度で済んだようですわ」

「佳子さんは、いまどこに？」

「津波警報が出されていて、丘の中腹にある公民館に、同じマンションの人たちと一緒に避難しています」

「そう」

「着のみ着のままで、マンションを飛び出したそうですが、余震の起こる危険があって、マンションの部屋に戻れないでいるんです」

「そう。とにかく、佳子さんにはよろしく伝えて。それから、潤さんと志津さんにも」

「わかりました」

たか子はそう言って、電話を切った。

3

山内は午後四時ごろから店に出たが、六時近くになっても、客の訪れはなかった。調理場(つけば)から出た山内は、タバコをくわえて、三帖の座敷に体を横たえた。

山内が、ライターに点火したときだった。

再び、地震に見舞われたのだ。

昨夜と同じような激しい揺れで、山内は思わず体を起こし、座卓にしがみついた。

昨夜のように、揺れは容易におさまらず、店の掛け軸や食器類が、床に音たてて落ちた。

なにせ古い造りの、ぼろ家だったので、建物のあちこちが激しく軋み、天井からすすが一面に舞いおりた。

山内は天井が抜け落ちるのではないか、と恐怖を覚え、慌ててその場から立ち上がった。

母のタツを連れて外に避難しようと思った山内は、奥の居間に向かって、大声で呼んだ。

「ばあちゃん、ばあちゃん……」

タツの返事はなかったが、次の瞬間に、地震は嘘(うそ)のようにおさまったのだ。

ほっとして、山内は座敷に座りなおしたが、ふと居間のタツのことが気になった。

地震のさなかに、居間からはタツの声が聞こえず、山内が大声で呼んでも、タツの返事がなかったからだ。

にわかに心配になった山内は、慌てて居間をのぞいたが、そこにはタツの姿は見当たらなかった。

続いて、山内は階段の下から二階に声をかけたが、タツからの応答はなかった。

山内が首をかしげたとき、居間の廊下の奥から、かすかな声が洩れ聞こえてきたのである。

その声は、廊下の突き当たりのトイレからで、タツが山内の名を繰り返し呼んでいたのだ。

タツはトイレで用を足していたときに、不運にもあの地震に見舞われたのだ。

「ばあちゃん……」

山内がトイレのドアを開けると、思ったとおり、タツは便器に腰かけたまま、上半身を前かがみにしていた。

「ばあちゃん。なんて格好して……」

山内は、こみ上げる笑いを我慢できずに、二、三度吹き出した。

「なに見てんだい。さあ、出しておくれ、早く」

「立てないの？」

山内は委細承知のうえで、わざと意地悪く訊ねた。

タツは地震のショックで、トイレの中で腰を抜かしていたのだ。

「ばか。それができるんだったら、いつまでもこんな場所にいるもんかね」

「それもそうだ」

山内はタツをトイレからかつぎ出し、居間のこたつに横たえた。

「ああ、こわかった。あんな場所でくたばるのかと思ったら、もう情けなくって……」

タツは涙声で言ったが、容体はすぐに回復したとみえ、ゆっくりと上半身を起き上がらせた。

店に戻った山内は、つけっぱなしのテレビに視線を向けた。

山内が思ったとおり、画面の上段には、外房海岸一帯を襲った強い余震のテロップが流された。

鴨川周辺の余震は、震度4を記録していたのである。

山内がチャンネルをあちこち変えていたとき、珍しく四人づれの新顔の客が店に現われた。

4

四人づれの客が帰って、二、三分もしたとき、店のドアが乱暴に開けられ、花房波次郎が顔をのぞかせた。

「あら、波さん」

テーブルをかたしていたタツが、振り返って声をかけた。

「咲江ちゃんは、良い子にしてるかえ」

「ええ」

波次郎は入口近くに立ったまま、短く答えた。

波次郎の細長い顔は、妙に青ざめ、口許が小さく震えていた。

「さっきの余震も、すごかったねえ。鴨川は、震度4だって」

とタツが言った。

「じつは、ついさっき、鴨川にいるたか子さんから連絡があったんです……」

「なんて言ってきたの?」

タツは無頓着（むとんちゃく）に訊ねたが、山内は波次郎のその言葉に不吉な予感を持った。

「兄の潤一が、死体で発見されたんです……」

波次郎が、低い声で言った。

「えっ？」

タツが高い声を発し、長身の波次郎を見上げた。

「なんで、なんで潤さんが……」

驚いた山内は、調理場を足早に出て、波次郎のすぐ前に立った。

「さっきの余震で、避難所の公民館の一部が崩れ落ちたんです……」

波次郎は言って、言葉を途切らせた。

「すると、潤さんは、その建物の下敷きになって……」

山内が言った。

「そうです。助け出されたときは、すでに亡くなっていたそうです……」

「かわいそうに。なんてこったろう」

タツが、両手で口許をおおった。

「これから、鴨川に行ってきます。それで、お願いがあるんですが」

「ええ。なんでも言ってちょうだい。なんでも」

「咲江ちゃんは、私の家に残して行きます。ですから、そのめんどうをみてもらえないかと思って」

「おやすいご用。引き受けたから」

「お願いします」

波次郎は深々と頭を下げ、小走りに店を出て行った。

「まったく、なんてこったろう。見舞いに行った潤さんが、建物の下敷きになるなんて」

とタツが言った。

「思ってもみなかったよ、こんなことになるなんて」

二日前の夕刻、この店のカウンターで飲んでいた花房潤一のことが、断片的に山内の脳裏をよぎった。

「そうなると、遺産は……潤さんの五千万は、咲江ちゃんが――つまり、佳子さんが相続することになるんだねえ」

タツは言って、考えこむような顔つきになった。

第四章　三つの疑惑

1

二月九日。

行きつけの理髪店を出た山内鬼一が、馬道通りの信号を渡って、家に向かいかけると、店のドアから母のタツが顔をのぞかせていた。

タツは店を出ると、背を丸めるようにして、山内に近づいてきた。

「店にね、警察の人間が見えてんだよ」

警察ぎらいのタツは、顔をしかめるようにして、小声で言った。

「警察?」

「おまえに話したいことがあるんだってさ」

「なんだろう」

「なにか悪いことでもやったのかい？」

「さあ。心当たりはないな」

「ほんとかい？」

「ああ。先だって、酔ってポストに小便しっかけたことぐらいで」

と山内が言った。

山内が店に戻ると、三帖の座敷の縁に、二人の男が肩を並べて腰かけていた。手前に座っていた、ハンチングを目深にかぶった、やせぎすの男と視線を合わせたとき、山内は、おやと思った。

その下顎の突き出た長い顔に、はっきりと見憶えがあったからである。

「やあ、山内君。おじゃましてるよ」

男が立ち上がって、ハンチングを脱いだとき、山内は相手の名前を思い出した。

「ああ、沼田か。沼田じゃないか」

相手の男は、山内の高校時代の同級生、沼田明だった。

「高校を卒業して以来だから、三十年近くになるね」

沼田は長い顎をさすりながら、なつかしそうに言った。

「驚いたよ。まさか、きみが警察の人間だったなんて」

「この一月から、浅草署に勤務することになってね」

沼田が言うと、背広のポケットから名刺を取り出し、山内に手渡した。

その肩書きは、刑事一課警部、と印刷されていた。

「ほう。えらいんだねえ」

山内が名刺と沼田の顔を見比べたとき、座敷に腰かけていた男が、わざとらしい咳(せき)ばらいをした。

「ああ、紹介しよう。こちらは、千葉県鴨川(かもがわ)署の丹波(たんば)警部だ」

沼田が言うと、男は立ち上がり、山内に笑顔で挨拶(あいさつ)した。

「はじめまして。丹波です」

やせ細った沼田とは対照的に、お盆のような丸い顔をして、見るからに人の良さそうな感じの、五十歳前後の小柄な男だった。

鴨川署の警部が、いったいなんの用事で訪ねてきたのか、山内は不審に思いながら、相手のどんぐり眼(まなこ)を見つめた。

「まあ、腰かけてくれ。なにか、握ろうか」

山内が沼田に言って、調理場にはいった。

丹波はうれしそうな顔になったが、沼田は手を振って断わった。

「食べるのは、話が済んでからにしよう」

そのとき、店のドアが静かに開けられ、タツがおずおずと顔をのぞかせた。

警察と地震が大きらいだというタツは、沼田と丹波から眼をそらすようにし、店にはいってきた。

「おふくろです」

黙っているわけにもいかず、山内はタツを丹波に紹介した。

「おばあちゃんは、おいくつですか?」

通り過ぎようとしたタツに、丹波がにこやかに訊ねた。

「もう少しで、七十六に。もうばあさんですよ」

ぎこちない口調で、タツが答えた。

「いやあ、お若いですなあ」

丹波は、タツの横顔をしげしげと見た。

顔じゅう皺だらけのタツを、若いと評したのは、この丹波がはじめてだった。

そんな丹波の言葉に気をよくしたのか、タツは自分から、そそくさとお茶の用意をした。

「ところで、沼田。その話というのは、なんだい?」

山内が訊ねた。

「じつはね。鴨川で亡くなった花房潤一さんに関することなんだが」

「潤さんに？」

「例の遺産のことだがね。花房さんが相続人の一人だったことは、人づてに耳にしていたよ」

「そうか。じゃ、話というのは、その遺産のことだね？」

「もちろん、それもある。きみは、花房さんたちと昔からの友人だそうだから、なにかと相談に乗ってもらおうと思ってね。できれば、きみの力を借りたいと思って」

「私の力を？」

「じつは、鴨川の事件のことで、こちらの丹波さんが浅草署を訪ねてきてね。捜査の協力を要請されたんだ」

「捜査？」

山内には、鴨川の事件とか捜査とかいう言葉の意味が、よく理解できなかった。

「つまり、花房潤一さんの事件の捜査、という意味です。花房さんは、自殺したわけではありません」

と丹波が言った。

「そりゃ、そうですよ。潤さんはあの余震のさいに、建物の下敷きになって亡くなったんですから」

山内は、丹波の丸い顔をしげしげと眺めた。

「ですが、山内さん」

丹波が、改まった口調で言った。

「花房さんは、余震が起こり、建物が崩壊する少し前に、亡くなっていたと思われるんです」

「え？」

山内には、丹波の言っていることが、まったく理解できなかった。

「つまりね、山内君。花房さんは、地震の犠牲者ではなかったということなんだ」

沼田が言った。

「な、なんだって？」

山内が驚き、大きな声を発したのは、当然のことだった。

2

「じゃ、潤さんは、建物の下敷きになって死んだんじゃない、と言うんですか？」

そう言ったのは、母のタツだった。

「そうなんですよ、おばあちゃん」

丹波が、ことさらにやさしい口調で言った。

「花房さんはね、毒物を飲んで亡くなったんです」

「毒物を？」

山内とタツが、同時に同じ言葉を発した。

「そうです。青酸性の毒物による中毒死だったんです」

丹波がタツに向かって、ゆっくりと言った。

「そ、そんな……」

タツはそう言って、つばを飲みこむようにした。

山内は言葉を失い、丹波のお盆のような顔を見つめた。

「詳しいことは、明日にでも関係者の前でお話ししますが、花房潤一さんは、つまり毒殺されたんです」

「潤さんが、殺された……」

「丹波さん」

山内が訊ねた。

「なぜ、いまごろになって、そんな話を？　潤さんの葬儀の済んだいまごろになって……」

花房潤一の葬儀は、妻の佳子が喪主をつとめ、二日前に善照寺でとり行なわれていたのである。

「ひとつには、これ以上、世間を騒がせたくなかったからです。あの外房地震で、多くの犠牲者を出したさなかに、殺人事件が発生していたなんて、ショッキング過ぎますからね。それが、理由のひとつでした」

丹波はそう言ったが、ほかの理由は、なにも説明しなかった。

「するとだね、沼田」

山内が言った。

「その殺人事件には、例の遺産の件が絡んでいると判断したんだね」

「そう。無理な想像ではないと思うがね。花房さんが、ほかの誰かに恨まれていた、というのなら、話は別だが」

沼田は、しゃくれた長い顎を撫ぜながら、

「丹波さんから捜査の協力を依頼されたとき、すぐにきみのことを思い出してね。きみは関係者たちとは、古くからの友人だから、なにか情報が得られるんではないかと思って。それに、きみなら、関係者も安心して、なにかを話すのではないかと思ってね」

　と言った。

「つまり、捜査に協力しろと？」

「そう。きみは高校時代から頭が切れた。それに、物事を理づめに考えるのが好きだったはずだ。だから……」

「だめ、だめ。そんなこと」

　タツが、いきなり言葉をはさんだ。

「うちの飲んだくれの鬼一に、そんなことができるわけがありませんよ。かえって、捜査を混乱させるだけ」

「おばあちゃん。なかなか手厳しいですな。私のおふくろに、そっくりです」

　丹波が、声を出して笑った。

「丹波さんも言われたように、あすにでも関係者たちに集まってもらうつもりだ。そのときは、きみにも顔を出してほしいんだ」

　と沼田が言った。

「さて。ひとつ、握ってもらいましょうかね。鮨(すし)は大好物でしてね」

丹波が舌を動かしながら、つけ台のネタを眺めまわした。

3

二月十日。

午後四時前に、和服に着替えた山内鬼一は、店を出ると、歩いて浅草署に向かった。

浅草署は五丁目の交差点を左に曲がった、小学校の前にあり、山内の店から七、八分の距離にあった。

浅草署の受付で、山内が来意を告げると、制服姿の若い係員が、山内を二階の部屋に案内した。

山内が部屋にはいると、黒板を背にしたソファに、沼田警部と鴨川署の丹波警部が座っていた。

沼田たちの右側のソファには、堂島志津と一之沢たか子の姿が見え、その相向かいに、花房佳子と花房波次郎が座っていた。

「やあ。ご苦労さま」

沼田が挨拶して、山内を佳子の傍らの椅子(いす)に案内した。

「なかなかいなせですね、山内さん」

山内の和服姿を眺めまわしながら、丹波が言った。

「主人の葬儀では、お世話になりました」

佳子が小声で言って、山内に軽く頭を下げた。

三十四歳の佳子は、でっぷりと肥っていて、顔だちは平凡だったが、眼と口許に妙な色気があった。

山内がタバコを取り出したとき、背後のドアが開き、崎岡岳夫が姿を見せた。

崎岡の姿を見て、山内は意外に思ったが、かつての妻である一之沢たか子は、澄んだ眼を見ひらいて崎岡を見守った。

「では、始めましょう」

沼田が言って、傍の丹波をみんなに紹介した。

「お集まりいただいたのは、鴨川で亡くなった花房潤一さんについて、お話ししたいと思ったからです……」

と丹波が切り出した。

「あのう、警部さん」

丹波の話をさえぎったのは、堂島志津だった。

「亡くなった潤一さんについて、いまさらなにを話そうと言うんですか?」

「その死の真相についてです」

「死の真相?」

「ところで、堂島さん」

丹波は、すばやく話を転じた。

「あなたは、あの外房地震の翌日、鴨川の花房佳子さんのマンションを訪ねていましたね」

「ええ。亡くなった潤一さん、それに一之沢たか子さんの三人で。別に、佳子さんだけを見舞ったわけではありません。鴨川には、親類がいましたので」

「花房さんが亡くなったときのことを、話してくれませんか」

「別に、これといって話すことなんて。潤一さんの死体が、建物の下から見つけ出されたときは、もちろん驚きましたけど」

めんどうくさそうな口調で、志津が言った。

「花房さんの姿を、最後に見かけたのは?」

丹波は丸い顔を和ませるようにして、あくまでもおだやかに訊ねた。

「私が佳子さんのいる公民館の避難所に行ったのは、たか子さんと一緒に親類を見舞ったあとで、午後四時ごろのことでした。佳子さんは、公民館の一階の部屋の片隅に避難していて、その傍らで潤一さんがウイスキーを飲んでいました。余震がきたのは、その二時間ほどあとで、私はそのとき庭に出て、たき火で食事の用意をしていたんです。たか子さんと一緒に」

志津が言って、たか子に視線を向けた。

「そうです。あのとき、私は庭で志津さんと一緒にいたんです」

たか子が言って、長い髪を二、三度かき上げた。

「そしたら、激しい揺れがきて、公民館にいた人たちは、悲鳴を上げながら、庭に飛び出してきたんです。公民館の端の建物が、二階ごと崩れ落ちたのは、その直後でした。その一階の小部屋には、佳子さんが避難していたので、心配になりましたが、まさか潤一さんが逃げ遅れて、その建物の下敷きになったなんて、思ってもいませんでした」

「佳子さん」

丹波が、丸い顔を佳子に向けた。

「あなたは、あの余震のとき、どこにおられたんですか？」

「公民館の裏手で、食器類を洗っていました」

佳子が、独特なかすれ声で言った。

「余震の起こる二時間ほど前、私は志津さんと一緒に、一度自宅のマンションに戻ったんです。なにしろ、着のみ着のままで逃げ出したので、衣服や食料品を調達しようと思って。マンションは二階が押しつぶされ、傾いていたので、私は気遅れがしましたが……」

「私が佳子さんを勇気づけて、一緒にマンションの部屋にはいったんです。あの余震で、三階の佳子さんの部屋が押しつぶされたと聞いたときは、胆を冷やしましたけど」

志津が、そんな補足をした。

「余震がきて、公民館の建物の一部が崩れ落ちたとき、主人はてっきり逃げ出したものと思っていました。でも、どこにも姿が見当らず、崩れた建物の下敷きになった人がいる、と聞かされたときには、ぎくっとしました」

と佳子が言った。

「その建物の下敷きになったのは、花房潤一さんと、桜井さんという名前の、中年の独身女性の二人だったんです」

丹波が言って、言葉を途切らせた。

「ところで、警部さん」

不機嫌そうな面持ちで、志津が言った。

「さっきと同じ質問になりますが、なぜそんなことを説明しなければいけないんですか。

潤一さんが建物の下敷きになって亡くなったことには、変わりないと思いますけど」

「いいえ。そうではありません」

丹波が、丸い顔を幾度となく左右に振った。

「花房さんの死因は、圧死ではなかったんです。あの建物が崩れ落ちる少し前に、花房さんはあの小部屋で、すでに息絶えていたんです」

「なんですって?」

佳子が、かん高い声を上げた。

志津、たか子、花房波次郎、それに崎岡岳夫の四人の男女が、一斉に丹波を凝視した。

4

「主人は、私の主人は、余震の起こる少し前に、すでに亡くなっていた、と言うんですね?」

息をはずませるようにして、佳子が確認した。

「そうです」

「でも、でも、なんで主人は……」

「服毒死です。毒物を飲んで亡くなったんです」

「毒物を……」

「花房さんの死は、圧死ではなく、青酸性毒物による中毒死でした」

「まさか、潤一さんが自殺を……」

志津が小声で言って、語尾をにごらせた。

「論外です。自殺は、まったく考えられません」

「じゃ……」

「ええ。毒殺されたんです」

「毒殺……でも、その毒物は、いったいどうやって？」

佳子が訊ねた。

「花房さんが飲んでいた、ジョニ黒の瓶の中に入れられていたんです。花房さんは、毒入りとは知らずに、それを飲み、絶命してしまったんです」

「あのジョニ黒の中に……」

佳子はつぶやき、志津とたか子の横顔を交互に見て、

「そんな。私はあの一週間ほど前から胃をこわしてしまい、アルコールは絶っていましたが、志津さんは主人と一緒に、あのジョニ黒を飲んでいました。でも……」

と言って、言葉を途切らせた。

「たか子さんは断わっていましたが、私は潤一さんにすすめられるまま、ほんの少しですが、あのジョニ黒を口にしました。でも、毒なんてはいっていませんでした」

志津が言うと、たか子が深くうなずいた。

「毒が入れられたのは、だから、そのあとのことだったんです」

「ですが、警部」

椅子から腰を浮かすようにして、崎岡岳夫が言った。

「服毒死だという証拠は、どこにもないじゃありませんか。なにを証拠に、そんなことを言われるんですか？」

「証人がいるんです」

と丹波が答えた。

「証人？」

「さっき話した、桜井さんという中年の女性です。桜井さんは、佳子さんと一緒に、あの小部屋に避難していたんです。そして、花房さんとともに、建物の下敷きになったんです。桜井さんは運よく助け出され、市内の病院に運ばれましたけど」

「あの桜井さんが、いったいどんな証言をしたんですか？」

佳子が訊ねた。

「自分のいた小部屋で、男性がウイスキーを飲み、そのとたんに苦しみもがき出した、と。桜井さんが驚いて駆け寄り、介抱しようとしたときに、あの余震が起こったんです。桜井さんが逃げ遅れたのは、その男性を外に運び出そうとしたからですが、そのときはすでに、男性は息を引き取っていたんです」

丹波は、ゆっくりと答えて、

「桜井さんは助け出されたとき、頭と腕に大けがをおい、意識不明の状態でした。桜井さんが意識を回復し、どうにか一命をとり止めたのは、余震から四日ほどたったときでした。その桜井さんが、まっ先に口にしたのは、ウイスキーを飲んで死亡した男性——つまり、花房潤一さんのことだったんです」

と言った。

花房潤一の死が、毒殺と判明するまでに、かなりの日数がかかったのは、ひとつには、そんな理由からだったことを、山内は理解した。

「その証言だけで、毒殺と判断したんですか？」

崎岡が、重ねて訊ねた。

「いいえ、そうではありません。崩れ落ちた公民館の建物を調査したんです。小さく割れたジョニ黒の瓶からは、指紋の検出は無理でしたが、微量ながら、青酸性毒物が検出されました。したがって、毒殺事件と断定するに至ったわけです」

丹波が答えると、崎岡は縁なしの眼鏡に手を当てたまま黙りこんだ。

「私には、とても信じられません。主人が毒殺されたなんて……あのジョニ黒に、毒物が入れられていたなんて」

佳子がかすれ声で言って、太った首を左右に振った。

「あのジョニ黒は、誰が持ってきたものだったんですか？」

丹波が訊ねたが、佳子は黙って首を振った。

「潤一さんでした」

代わって、たか子が答えた。

「鴨川まで、私の車で行ったんですが、出かける前に、こちらの波次郎さんの酒店に立ち寄り、潤一さんが飲料水や食料品を、あれこれと車に積みこんだんです。そのとき、ジョニ黒も一緒に。気付けには、アルコールが一番だ、と潤一さんが言って」

「そのとおりです」

志津が言って、酒店の主人である花房波次郎に、ちらと視線を送った。

終始顔をうつ向かせていた波次郎は、このときもなにも言葉を発しなかった。

丹波はみんなを見渡すようにして、さめたお茶をうまそうに飲んだ。

5

「話は変わりますが」

沼田警部が、花房佳子に言った。

「堂島志津さんと一之沢たか子さんと同じで、亡くなったご主人も、遺産の相続人の一人でしたね」

「そうです」

佳子は、小さくうなずいた。

「遺産のことは、ご主人が直接に話されたんですか？」

「いいえ。浅草に住んでいる古い友人から、電話で。一億五千万を三人で分配するということも」

「具体的な条項については？」

「もちろん、知っています」

「ご主人の潤一さんが亡くなった場合には、五千万は潤一さんの実子である咲江さんが相続するんでしたね」

「そうです」

佳子は答え、一瞬眼を光らせた。

「あの、警部さん」

一之沢たか子が、口早に言った。

「潤一さんの事件と、遺産の問題が、なにか関連があるとでも？」

「いまの段階では、そう考えざるを得ませんね」

「つまり、遺産相続人の誰かが、ジョニ黒の中に毒物を入れたと？」

「まあ、そうです。一人が亡くなった場合には、五千万が二等分されることになるんですから」

「ですがね、警部さん」

志津が、持前の冷やかな口調で言った。

「潤一さんが亡くなっても、この私とたか子さんは、一銭の得にもなりませんわ。その五千万はそっくり、咲江ちゃん――つまり、母親の佳子さんの物になるんですからね」

「知っています、そのことは」

「とすれば、私とたか子さんは、容疑の圏外ということになりますわ」

「ですがね、堂島さん」

沼田は、長い顎に手を当てながら、

「あの毒物は、なにも花房さんを殺すために用意されたとは、かぎらないと思いますよ」

と言った。

「どういう意味かしら？」

「つまり、花房さん以外の誰かを殺すのが目的だったかも知れない、ということです。花房さんが不幸にも、誤ってその犠牲者になったということも」

と沼田が言った。

「じゃ、この私が、たか子さんに毒を飲ませようとしたとでも？」

「あるいは逆に、一之沢さんが堂島さんを抹殺しようとした、ということも考えられますね」

「そんな、ばかな」

たか子が、叫ぶように言った。

「たかが二千五百万ぐらいのお金のために、人殺しをするほど、私は愚かではありませんん」

「少ない額だとは思いませんがね、二千五百万を」

「とにかく、この私ではありません。かりに、かりに私だったら、もっと別な方法を選んでいます。あんな場所で、人を毒殺しようなんて考えませんわ」

たか子は珍しく強い口調で言ったが、志津はなにか考えこむようにして、沈黙していた。

「ところで、花房さん」

沼田が、佳子に向きなおった。

「あなたは、ご主人と別居されていたんでしたね？」

「ええ。半年ほど前から」

「別居された理由は？」

「二人の間が不仲になったからです。主人はこれまでに、いろいろな事業に手を出していましたが、すべてうまくいきませんでした。現在の不動産の仕事も、赤字続きで。そんな金銭的な問題がこじれて、別居することになったんです」

と佳子が答えた。

「なるほど。ご主人に遺産がはいり、生活が豊かになることで、あなたはご主人の許に戻ろうとは考えませんでしたか？」

「子どものことを考え、そうしたいとは思いました」

「もし、ご主人があなたの申し出を拒否したとしたら？」

「警部さん。なにが言いたいんですか？」

「いずれにせよ、ご主人の花房さんが亡くなったことで、あなたは娘さんを手許に取り戻すことができ、そして五千万を相続することもできたんです」

「この私が、主人を殺したとでも？」

「動機の点では、充分なものがあると思いますがね」

「私は、そんなことはしていません」

佳子は憤りを言葉に表わし、顔をそむけた。

「花房波次郎さんも、言ってみれば、相続人の一人だったんですねえ」

沼田が言葉をかけると、波次郎は驚いたように顔を上げた。

「しかし、この私の場合は……」

「三人の相続人が亡くなり、そして咲江さんという子どもが亡くなった場合には、全額の一億五千万をあなたが相続することになるんでしたね」

「たしかに、そうです。でも、そんなことは、現実には考えられないことですから」

波次郎は伏目のまま、小声で言った。

「とは言い切れませんね。いかなる天変地異が起こらないともかぎりませんからね」

沼田は、亡くなった花房潤一と同じ意味のことを言った。

「しかし……」

「ところで、話は変わりますが」

沼田が、続けて波次郎に言った。

「あのジョニ黒は、あなたの店の品だったそうですね」

「ええ」

「あなたが、花房さんに手渡したんですか？」

「いえ。兄が自分で棚から取り、紙袋に入れ、車に運んだんです」

「ジョニ黒は、一本だけだったんですか？」

「さあ。それはわかりません」

波次郎は答え、ふとその表情を変えた。

「警部さん。そのジョニ黒がどうかしたんですか？」

「ジョニ黒は、二本持ち出されていたのかも知れないと思いましてね。堂島さんが花房さんと一緒に飲んだジョニ黒には、毒がはいっていませんでした。だから、毒は残りの一本の中に入れられていたんではないかと。あらかじめ」

と沼田が言った。

「あらかじめ……すると、私が店のジョニ黒に毒を……」

波次郎は、細い眼をつり上げるようにした。

「可能性を話したまでです」

「ち、違います。なんで私が、そんな恐しいことを……」

「もし、その店のジョニ黒に毒が入れられていたとしたら、そのジョニ黒は、誰が飲んでもよかったわけです。理想的なのは、花房潤一さん、佳子さん、堂島志津さん、それに一之沢たか子さんの四人が、その場で一緒に飲んでくれることです」

「そ、そんな……」

「そうなれば、残るのは、あなたがあのとき預かっていた咲江ちゃんだけになります」

「そんな、ばかな……」

波次郎は首を振りながら、顔をうつ向かせた。

沼田のそんな話に、佳子とたか子の二人は、じっと波次郎を見入ったが、志津は眼を宙に据えたまま、なにやら物思いにふけっていた。

6

「警部。うっかり言い忘れていましたが」

このとき、崎岡岳夫が声高に沼田に言った。

「なんですか？」

「この私を、ここに呼び寄せた理由です。私は今回の遺産相続の件には、まったく関係のない人間です。誰が死のうが生きようが、私には一銭もはいらないんですから」

と崎岡が言った。

「あなたは、二年ほど前に、たか子さんと離婚していますね？」

「ええ。それが、私をここに呼んだ理由ですか？」

「なにか参考になる意見を、拝聴できたらと思いましてね」

「なにもありませんね」

崎岡は、憮然と答えた。

「たか子さんには、五千万が転がりこむんです。たか子さんと、よりを戻すつもりはないんですか？」

「ありませんね、まったく」

崎岡が、吐き捨てるように言った。

「私はね、新しい人生を歩もうと思っているんです。そりゃ、金は欲しいですよ。けど、ジョニ黒に毒を入れてまで、その金を手に入れようとは思いませんね」

「新しい人生……つまり、再婚のことですか？」

沼田が言ったが、崎岡は顔をそむけて、なにも答えなかった。

「あのジョニ黒……」

このとき、堂島志津が、つぶやくようにそう言った。

「なんですか？」

沼田が訊ねた。

「あのジョニ黒だわ……あの中に毒が……」

志津が、再びつぶやいた。

「あのジョニ黒とは？」

沼田が重ねて訊ねると、志津は我に返ったように相手を見た。

「いえ。なんでもありません……」

志津が、低い声で言った。

そんな志津を、上目使いにじっと見つめていた男がいた。

酒店の主人、花房波次郎だった。

第五章　電話の声

1

二月十二日——堂島志津の死の当日。

午後五時過ぎに、店のドアが開き、常連の若いアベック客が、にぎやかに姿を見せた。

居間のこたつに寝ていた山内鬼一は、仕事着に腕を通しながら、調理場(つけば)に出た。

例によって、二日酔だった。

昨夜遅くまで、「花や」で飲んだアルコールが、山内の体内を駆けずりまわっていたのである。

二日酔はアルコールで癒(いや)すしかなかったので、山内はアベック客にすすめられるまま、ビールをこまめに口に運んだ。

山内がタバコに火をつけたとき、座敷の片隅にある電話が鳴った。

山内が受話器を取り上げると、相手は堂島志津だった。

「いま、忙しいの？」

と志津が訊ねた。

「いいえ。ひまですよ。いつものことで」

「じゃ、にぎりを届けてもらえるかしら」

「はい、はい」

「にぎりの上を、別々に二人前」

「上を二人前ね」

「あ、ごめん。やっぱり、並にする」

志津は小さく笑って、電話を切った。

調理場に戻った山内は、二人前のにぎりをつくり、居間にいる母のタツに声をかけた。

「ばあちゃん。出前、頼むよお」

うたた寝をしていたとみえ、タツは眼鏡をかけなおしながら、店に出てきた。

「どこだい？」

「四丁目の志津さん。気をつけて頼むよ。先だってみたいに、岡持（おかもち）をひっくり返しちゃあ困るぜ」

　山内が言った。

　タツの出前は、近場は歩きだったが、少し距離のある所は、自転車を使用していたのである。

「わかってる」

　タツは岡持を手に持ち、あくびをしながら店を出て行った。

　そのあとすぐに、アベック客が帰り、山内は座敷に横になり、ぼんやりと店のテレビを眺めた。

　すぐ頭の上の電話が鳴ったのは、その二、三分後、五時五十分ごろのことだった。

「ああ。あ、あたしだよ」

　それは、出前に出たタツからの電話だった。

　タツの声は妙に上ずり、平素の落着きがなかった。

「どうしたの、ばあちゃん」

　タツが自転車で転んでけがでもしたのではないか、と山内は一瞬不安になった。

「おまえねえ、た、大変なことになっちまって……」

「どうしたんだよ、またやったのかあ。だから、気をつけろって言ったのに」

「じゃないんだよ。し、志津さんが……」

「どうしたの?」

「志津さんが、死んじまったんだよお……」

タツが、そう言った。

「なんだって?」

「背中に、ナイフが突き刺さって……」

「志津さんが……」

「早くきておくれ。わたしゃ、また腰が抜けそうで……」

タツの話の途中で、山内は受話器を置いた。

2

山内は急いで軽乗用車のエンジンをかけ、四丁目の堂島志津の家に向かった。

志津の家は観音裏の柳通りの中ほどにあったが、そこはガス工事が行なわれていて、車は通行止めになっていた。

車をおりた山内は、工事中の道路を駆け出し、志津の家のドアを開けた。

一階はカウンターだけの、手狭な店になっていて、椅子が乱雑に並んでいた。

「遅いじゃないか」

奥の居間ののれんを分け、母のタツが顔をのぞかせた。

「おにちゃん。志津さんが大変なことに……」

タツの背後から、そんな言葉をかけたのは、花房佳子だった。

佳子の言葉は、道路のガス工事の騒音のために、どこか遠くに聞こえた。

山内は、佳子がこの場にいることを、ちょっと意外に思いながら、急いで居間に上がった。

「志津さんは、二階の部屋です。浅草署には、さっき連絡しました」

意外と落着いた口調で、佳子が言った。

「そりゃあ、たまげたよ。店で声をかけても、返事がないんで、階段を上がって行ったら、志津さんの声がして。そいで、部屋をのぞいたら、志津さんがうつぶせに倒れていて……」

そんなタツの言葉を背中に聞きながら、山内は階段を昇り、右手の和室をのぞいた。

次の瞬間、山内は思わず息を飲んだ。

和室の中央に置かれた、小さな座卓の足許に、白いジャンパーの背中を赤く血で染めて、堂島志津がうつぶせに倒れていたのだ。

背中には、黒い柄のナイフが深々と突き刺さり、志津は両手を前方に延ばして、完全に事切れていた。

志津の両手に握られていたのは、留守番電話の、コードレスの子機だった。

座卓の上は、新聞や食器類が乱雑に散らかっていて、その端にページのひらいた住所録が置いてあった。

山内が物言わぬ志津の横顔をのぞきこんだとき、階下に何人かの足音が聞こえた。

どたどたと階段を上がってきたのは、浅草署の沼田警部で、そのすぐ背後には、鴨川署の丹波警部のまん丸い顔が見えた。

「山内君。もうきてたのか」

と沼田が言った。

「ばあちゃんから、知らせをもらってね」

「あとで、話を聞かせてください」

丹波が山内に言って、沼田のあとから和室にはいって行った。

その直後に、浅草署の数名の係員が到着し、狭い階段を駆け昇ってきた。

山内とタツ、花房佳子の三人は、一階の和室で、初動捜査が終わるのを待った。

警察ぎらいのタツだったが、否応なしに、その相手と付き合わされることになったのである。

3

二十分ほどたって、沼田と丹波の二人が、山内たちの部屋に前後して姿を見せた。

「思ったとおり、続けて事件が起きたね」

沼田が、山内に言った。

「堂島志津さんが亡くなったのは、三、四十分前のようですね。もちろん、他殺です。凶器のハンティングナイフは、背中から心臓部に達していました」

丹波が説明して、

「最初の発見者は、おばあちゃんだそうですねえ」

と、やさしい口調で言った。

「そう。あたしだよう」

平素に似ず、固い表情でタツが答えた。

タツが緊張していることは、入れ歯の鳴りぐあいからも、山内には見てとれた。

「そのときのことを、詳しく話してくれませんかね」

「あたしゃ、志津さんに出前を届けにきたの。にぎりの並を二つ。家のすぐ近くまでくると、この店のドアを開けようとしている佳子さんの姿が眼にはいってね。そいで、佳子さんと一緒に店にはいったんだけど、いくら声をかけても、志津さんは顔を見せなかったのよ……」

とタツが言った。

「それで、おばあちゃんは、二階に上がって行ったんですね」

「そう。志津さんが二階の部屋で眠っているんじゃないかと思って。そしたら、まあなんと、志津さんがナイフで背中を刺されて……」

「うつぶせに倒れて、死んでいたんですね?」

「そう、そう」

「ちょっと、ばあちゃん」

山内が、思わず言葉をはさんだ。

「ばあちゃんはさっき、私にこう言わなかったかい。階段を上がって行ったら、志津さんの声がして、とか」

「あ、そうそう。うっかりしてた。おまえの言うとおりだ」

「おばあちゃん。部屋から、志津さんの声が聞こえてきたんですね」

沼田が、確認した。

「そうよ」

「どんな声でしたか？」

「外のガス工事の音がうるさくて、はっきりとは聞きとれなかったけど、苦しそうな呻き声でしてねえ」

「呻き声……」

とタツが答えた。

「そう」

「ほかに、なにか聞こえませんでしたか？」

沼田が訊ねた。

「聞こえましたよ」

タツは答えて、ハンカチで水洟をかんだ。

「どんなことが？」

「さあ。それはわかりませんねえ」

「え？」

「ばあちゃん」

山内が、口ばしを入れた。

「志津さんはそのとき、電話の子機を手に持って、誰かに喋っていたと思うんだ。ばあちゃんが耳にしたのは、その志津さんの声だったと思うんだがね」

「そうだよ。あたしが聞いたのは、その電話の声さ。でもさ、外のガス工事の音がうるさくて、はっきりとは聞きとれなくてさあ」

とタツが言った。

「ばあちゃん。志津さんはそのとき、誰かの名前を言っていたと思うんだが。たとえばさ、誰々が犯人だ、とか」

「うん。最後のほうは、たしかに誰かの名前のように聞こえたねえ。けど、誰の名前かはわからなかったねえ」

「ばあちゃんが部屋をのぞいたとき、志津さんはまだ息をしていたんだね」

山内が、続けて訊ねた。

「ああ。うつぶせになっていて、電話を握った両手の指が、かすかに動いていたからね。そいで、そのとき、電話が短くピィーって鳴ったんだよ」

とタツが言った。

「電話が鳴った?」

「つまりさ、志津さんの指がダイヤルに触れたからだと思うけど」

「そう。で、志津さんはそのとき、なにか言葉を口にしなかった?」

「なんにも」

タツは、皺だらけの顔を横に振って、

「そのとき、佳子さんが二階に上がってきて、志津さんに近づき、大きな声をかけたんだけど、志津さんはなんにも答えずに、そのあとすぐに、両手に電話を握ったまま、ぴくりともしなくなったんだ。死んじまったんだよ」

と言った
「そのとおりです」

うなずきながら、花房佳子が言った。

「店にはいって、私も居間に声をかけたんですが、志津さんは姿を見せませんでした。おばあちゃんが先に階段を昇って行きましたが、すぐにおばあちゃんの叫び声が聞こえ、私は慌てて二階に駆けつけたんです。いま、おばあちゃんが言ったように、志津さんは子機を握りしめたまま、すぐに息絶えてしまったんです」

「いずれにせよ、犯人の名前は、すぐに明らかになりますよ」

沼田が長い顎をいじくりながら、

「志津さんは死の寸前、誰かに電話を入れ、その相手に、犯人の名前を言い残していたんですからね」

と言った。

「ご存知かと思いますが」

丹波が、山内に言った。

「和室の座卓の端に、電話番号の記載された住所録が置いてありました。ページがひらかれていて、左のページの中ほどに、山内さんの店、『鮨芳』の電話番号も書きこまれてありましたよ」

「五時過ぎに、志津さんから出前の注文があったんです。にぎりを二人前、という。ばあちゃんがその出前に出たのは、たしか五時半ごろでしたが、その少しあとで、志津さんがあんなことになるなんて、思ってもいませんでした」

「あ、ごめん。やっぱり、並にする」

電話で言った堂島志津の声が、山内の耳許によみがえった。

「おばあちゃん」

丹波が、タツにやさしく声をかけた。

「この店にはいろうとしたとき、店から誰か出てきませんでしたか？」

「誰も見てませんねえ。あたしゃ、眼はまだ達者ですから。あたしが見たのは、店にはいろうとしている佳子さんの姿だけでしたね」

「私も、店から出て行った人物は誰も見かけませんでした」

と佳子が言った。

「だから、志津さんを殺した犯人は、あたしと佳子さんが店にはいるほんのちょっと前に、裏口からこっそり逃げ出したんだねえ、きっと」

そんなタツの話に、丹波は黙ってうなずいた。

4

「ところで、花房さん」

沼田が思い出したようにして、佳子に訊ねた。

「あなたが、ここに見えられたのは、堂島さんになにか用事があったからですか？」

「咲江の面倒を見るために戻ってきていたんですが、今日の四時過ぎに、志津さんから電話をもらったんです。話をしたいので、店に出かけてこないかという」

佳子が答えて、

「約束の時間は、五時半でしたが、私がここに着いたのは、五時四十分ごろになっていました。志津さんの店のドアを開けようとしたとき、右手から、岡持を下げたおばあちゃんが近づいてきて、声をかけられたんです」

と言った。

「その話というのは？」

「亡くなった主人が、志津さんに頼まれて手がけていた不動産関係の話です。志津さんが裏手の空地を売りに出していたんですが、その話が変にこじれてしまって。それで、私と改めて詳しく話をしたいということで」

「志津さんが注文した鮨は、来客のあなたに出すものだったと思いますね。そうなると、志津さんの話というのは、不動産関係のものだけだったとは、ちょっと考えられないんですよ」

「と言うと？」

「志津さんがあなたを呼び寄せたのは、鴨川の事件のことを、あなたに話そうとしたからではないかと思いましてね」

と沼田が言った。

「鴨川の事件……」

「ええ。ジョニ黒の中に、誰が毒を入れたのか、志津さんは思い当たったんですよ。それで、そのことを――つまり、あなたのご主人を毒殺した犯人のことを、あなたに話そうとしたんではないでしょうかね」

沼田が言った。

「あのジョニ黒だわ。あの中に毒が」

とつぶやいた志津の横顔が、山内の頭をよぎった。

「ところで、花房さん」

丹波が、佳子に言った。

「堂島さんが亡くなり、その五千万の遺産が、二等分されることになったわけですね」

「ええ、まあ。でも、断わっておきますが、犯人は私ではありません」

佳子が、固い表情で言った。

「祖父とかいう、あのおじいちゃんが悪いんだよ。あんな変てこな遺言状を残したりしたから、こんなことになったんだ」

タツが、山内に言った。

第六章　毒物の経路

1

二月十三日。

月曜日は、「鮨芳」の週に一度の定休日だった。

毎日が定休日のようなものだが、山内鬼一にとっては、月曜日はやはり気分が解放され、くつろげる一日だった。

山内はいつもよりかなり早く起き、久しぶりに、母のタツと一緒に食事をとった。

「警部さんから、まだなにも言ってこないねえ」

タツが言った。

「志津さんの事件のことだね？」

「そうさ。志津さんは息を引き取るちょっと前に、あの電話で誰かに向かって、犯人の名前を告げていたんだろう」

「ああ」

「だったら、その電話の相手が、当然警察に連絡をとるはずだろう。志津さんが電話で言った犯人の名前は、誰々です、と」

「まあね」

「それにしちゃ、ばかに遅いじゃないか。あの事件から、もう十五時間近くたっているんだよお」

　とタツが言った。

　タツの言うのも、たしかに一理あったが、問題は、その電話を受けた人物にある、と山内は思った。

　犯人の名前を電話で聞いた人物が、もしなんらかの理由で、その犯人をかばおうとしたなら、警察には届け出ないでいるはずである。

　食事を終えた山内は、二階の部屋にはいり、事件のことは忘れて、読みかけの小説をめくり始めた。

　午後四時ごろ、組合の会合を思い出した山内は、机から離れて、着替えを始めた。

そのとき、電話が鳴り、山内が部屋の子機を取り上げると、鴨川署の丹波警部の声が聞こえてきた。

「お話ししたいと思いましてね。今夜あたり、そちらで鮨をつまみながらでも」

と丹波が言った。

「あいにくですが、今日は定休日でして」

「そうですか。そりゃ、残念ですな」

「それに、これから組合の会合がありましてね。なに、一時間かそこらで終わる予定なんですが」

「そうですか。その会合が終わってから、沼田さんと一緒に、外でちょっとやりませんか」

「けっこうですね」

「じゃ、『染太郎（そめたろう）』にしましょうか。六時ごろに」

丹波は、西浅草一丁目にある、有名なお好み焼き屋「染太郎」の名を告げ、志津の電話の一件にはなにも触れずに電話を切った。

2

組合の会合を終えた山内は、タクシーを国際通りでおり、歩いて「染太郎」に向かった。

「染太郎」の創業は古く、作家の高見順の「如何なる星の下に」という小説の舞台となった店だった。

浅草を生活の場としていた、オペラ歌手、芸人、踊り子、文士、ジャーナリストたちが、かつて足しげく通った店が、この「染太郎」だった。

木造りの二階建ての建物は、いかにも古く時代がかっていて、入口のわきに、灯籠（とうろう）のような黒い看板が立っていた。

山内は「染太郎」の狭い三和土（たたき）にはいり、靴をビニール袋にしまった。

裸電球が無造作にぶら下がった、広い板の間の店内を見渡すと、ほとんどすべてのテーブルが、客で囲まれていた。

沼田と丹波の二人は、左手の奥まったテーブルに相向かいに座っていた。

二人はいましがたきたばかりのようで、鉄板つきのテーブルには、まだ料理がなにも運ばれていなかった。

「やあ。ご足労をおかけしまして」

山内がテーブルに近づくと、丹波が声をかけた。

「私たち二人は、食べるのが専門だから、きみはアルコールをやってくれ」

沼田が言って、半てんを着た従業員に、お好み焼きと水割りを注文した。

「私はね、東京に出てくると、時おりこの『染太郎』に足を運ぶんですよ。お好み焼きも好物ですが、この雰囲気が気に入ってましてねえ。むかし、高見順が通いつめたのも、わかりますよ」

と丹波が言った。

「すると、『如何なる星の下に』を読まれたんですか?」

沼田が、ちょっと驚き顔で言った。

「ええ。あの小説によると、染太郎という人物は漫才師で、彼が応召(おうしょう)し、その留守を守る細君が、この店を始めたんですね。そのころは、ただのしもた家だったとか」

と丹波が言った。

「ところで、沼田」

水割りに軽く口をつけ、山内が自分から話を切り出した。

「志津さんの例の電話の件、どうなった?」

「まだだ。犯人の名前は、わかっていない。電話を受けたという連絡は、いっこうにはいってこないんだよ」

沼田が答えた。

「うちのばあちゃんも、そのことを不思議がっていたけど」

「ちょっと解せないんですよね」

鉄板にうどん粉をたらしながら、丹波が言った。

「電話を受けた人物は、それが殺人事件であることを、当然知っていたと思うんです。それなのに、いまになっても、警察になんの連絡も寄こさないというのは、妙な話ですよ」

「まったくですね」

沼田が言って、

「あの座卓の端には、ページのひらいた住所録が置いてあったけど、きみはあれをどう思う？」

と山内に訊ねた。

「私の店に鮨の出前を注文するために、あの住所録のページを繰ったんだと思うね」

「つまり、犯人の名前を言い残すために、ページをひらいたんではない、という意味だね？」

「ああ。志津さんには、とてもそんな余裕はなかったはずだよ。住所録の番号を見ながら、子機の番号を押すなんて余裕が」

「うん。まあ、そうだ」

「志津さんは、もっと手っとりばやい方法を選んでいたはずだ」

「たとえば？」

「オートダイヤルだ。それだったら、ボタンを一度押すだけでいいんだから」

山内が言った。

「そのオートダイヤルには、三つの番号が登録されていたよ」

「誰の？」

「花房波次郎、一之沢たか子、それと『花や』という小料理屋のママ」

「花や」の電話番号をオートダイヤルに登録したのは、志津がその店の常連客だったからだろう、と山内は思った。

「そのオートダイヤルの件は、もちろん相手に確認しました」

丹波が言って、鉄板のお好み焼きを器用な手つきでひっくり返した。

「一之沢たか子は、あの時刻には外出していて、マンションの部屋を留守にしていたそうです。それに、『花や』のママは店にいましたが、そんな電話を受けていたのなら、すぐに警察に知らせているとか言って」

「そうですか」

「それに、花房波次郎は酒を配達していたと言っています」

と丹波が言った。

「子機の再ダイヤルは、どうなっていましたか?」

山内は最後に、肝心な質問をした。

再ダイヤルとは、相手が話し中か留守などで電話がつながらないときに、もう一度番号を押さなくても、ボタン操作で同じ相手にかけ直せる仕組みのことである。

「もちろん、確認しました。再ダイヤルのボタンを押したら、『花や』の店につながりましてね」

と丹波が答えた。

「そうですか。花ちゃんの店に」

「念のために説明するが、再ダイヤルは、子機で最後にかけた電話番号が自動的にダイヤルされるんだ。つまり、志津さんが生前、最後にかけた電話の相手は、『花や』のママ、倉品花子だったわけだ」

代わって、沼田が言った。

「彼女に確認した。きのうの午後五時四十分ごろに、店の電話が鳴り、受話器を取ったが、相手がなにも言わなかったので、間違い電話だと思い、すぐに切ったと話していた」

「なるほど」

沼田のそんな話から、山内は母のタツの証言を思い出した。

「うちのばあちゃんは、あのときこう話していた。志津さんの指がダイヤルに触れ、子機が短くピイーっと鳴ったと。つまり、志津さんはそのとき、『花や』の店のオートダイヤルのボタンを無意識に押したんだよ」

「かも知れないね」

「問題は、志津さんが犯人の名前を告げた相手は誰かだ」

「アリバイだが、一之沢たか子は外出していたそうだが、いまのところそれは証明されていない。それに花房波次郎は酒を配達していたということだが、あの時間のアリバイはあいまいなんだ」

「焼けましたよ。さあ、熱いうちにどうぞ」

丹波がお好み焼きを小皿に盛りつけ、山内の前に置いた。

丹波と沼田は、うまそうに箸(はし)を動かしていたが、山内はお好み焼きなるものを、以前からあまり好きではなかった。

「ところでね、山内君」

口を動かしながら、沼田が言った。

「きみは、志津さんの事件をどう解釈している?」

「どうとは?」

「殺された理由だよ」

「志津さんは、鴨川の潤さんの事件の真相を、なにか知っていたと思うんだ」

「つまり、毒入りのジョニ黒についてだね?」

「そう。あのとき、志津さんは、こうつぶやいていた、『あのジョニ黒だわ、あの中に毒が……』とね」

「つまり、彼女は、そのジョニ黒が、毒入りのジョニ黒だったことを、なにかの拍子に思い出したということだね」

「そうだ。ふいに思い当たったんだ。だから、思わず、あんなつぶやきを洩らしたんだよ」

と山内が言った。

「花房さんと志津さんの二人は、避難所で一緒にジョニ黒を飲んだそうだが、それにはもちろん、毒ははいっていなかった。すると、やはりジョニ黒の瓶はもう一本あったことになるね」

「そう思うね、私も。志津さんの言った、『あのジョニ黒……』というのは、もう一本のジョニ黒、という意味だったと思うんだ」

「なるほど。するとやはり、花房さんは波次郎の店から、二本のジョニ黒を持ち出していたことになるね」

「波さんの店から、とは断定できないかも。鴨川に行く途中で、調達したのかも知れないし」

山内が言って、水割りのお代わりを注文し、お好み焼きに軽く箸をつけたが、やはりうどん粉のソース焼きは口に合わなかった。

3

「志津さんは、二本目のジョニ黒に毒を入れた人物に、どういういきさつかわからないが、やがて思い当たったんだ。それで、その人物に連絡をとった……」

と沼田が言った。

「そのとおりだと思いますね」

丹波が、沼田に言った。

「志津さんはその人物のことを、私たちに話そうとはしなかったんです。つまり、彼女は、その人物を脅迫しようと考えたからなんです」

丹波の言うとおりだ、と山内は思った。

「志津さんが脅迫しようとした人物は、花房佳子だったかも知れませんね。そのために、志津さんは彼女を家に呼び寄せていたのかも」

と沼田が言った。

「考えられますね。志津さんに真相を気づかれたと思った花房佳子が、その口を封じてしまったとも」

丹波が言った。

「山内さんのおばあちゃんは、花房佳子が志津さんの店にはいろうとした姿を眼にとめたそうですが、それは店から出てきた佳子の姿だったかも。おばあちゃんの姿を眼にした佳子が、慌ててそんな芝居を打ったのかも知れませんね」

「となると、鴨川で花房さんを毒殺したのは、妻の佳子だったということになりますね。その動機はもちろん、五千万を娘に相続させ、自分の物にするためにです」

「そうなりますね」

丹波は鉄板に新しい油を敷くと、乱暴に焼きそばを載せ、小まめに両手を動かした。

「山内君。いまの話をどう思う」

　と沼田が訊ねた。

「まだ、犯人は誰とも決められないと思うね。これといった証拠がないんだから。うちのばあちゃんがあのとき、志津さんの言った犯人の名前を、はっきりと耳にしていたのなら、話は別だがね」

　山内が答えて、

「そのことより、私には、どうも釈然としないことがあってね。鴨川の事件のことで」

　と言った。

「なにが？」

「鴨川の事件には、計画性がないと思うんだ。大胆というか、じつに大まかな犯行なんだよ」

「なぜ、そう思うんだね？」

「ある人物が、あんな場所で、相手に毒を飲ませて殺せば、すぐに疑いが向けられるのは、わかりきっていたはずなんだ。三人とも、遺産相続人だったんだからね」

　と山内が言った。

「まあ、そうだね」

「この私だったら、あんな場所で、相手を毒殺しようとは考えないね。場所を選び、毒殺なんかではなく、事故死に見せかけて殺しているよ」

「しかし、花房さんは建物の下敷きになった。桜井さんという証人が現われなかったとしたら、花房さんは事故死として処理されていたかも」

「余震がきて、公民館の一部が崩れ落ちることを、犯人が予測していたわけじゃないよ」

山内は笑った。

「しかしですね、山内さん」

鉄板の上で両手を動かしながら、丹波が言った。

「花房さんが、あの避難所で毒入りのジョニ黒を飲み、殺されたことには変わりありませんよ。つまり、犯人には、緻密な計画など必要なかったということです」

「そうでしょうか」

「つまり、誰かが周囲の人の眼を盗んで、ジョニ黒の中に毒物を落とし入れたということですね」

「私はですね、丹波さん」

山内は、考えていたことを言葉に表わした。

「あの避難所の中で、誰かがジョニ黒の中に毒物を落としこんだとは、ちょっと考えにくいんですよ。それは犯人にとって、かなり危険な行為です。周囲の人眼がありますからね。つまり私は、あのジョニ黒の毒物は、避難所で入れられたんではない、と思うんですよ」

「では、どこでですか？」

「それはわかりません。避難所に持ちこまれる前に、すでに毒物が入れられていたんではないかと思うんです」

と山内が言った。

丹波はあいまいにうなずき、お好み焼きに箸を動かした。

丹波が、再び言った。

「それにしても、山内さん」

「志津さんの死の直前の電話は、いったい誰にかけたものだったんでしょうね。その相手が、警察になにも連絡してこないというのも、これまたおかしな話ですが」

丹波が、さらに山内に言った。

「さっきも言いましたが、子機を手にした志津さんは、何桁(なんけた)かの番号をこまめに押したわけではありません。死と隣り合わせだった志津さんに、そんな余裕があったとは、ちょっと考えられないからです。志津さんは子機のボタンをひとつだけ——つまり、オートダイヤルか、あるいは再ダイヤルのボタンを押したんだと思います」

「となると、三人の人物だ。花房波次郎、一之沢たか子。それに再ダイヤルは、『花や』のママ、倉品花子だった」

沼田が、山内に言った。

「『花や』のママの電話番号が、再ダイヤルに残っていたのは、さっきも言ったように、志津さんが死の寸前に、無意識にそのオートダイヤルのボタンを押したからだよ。それに『花や』のママが、もし志津さんからそんな電話を受けていたとしたら、すぐに警察に連絡していたはずだ。隠そうとする理由なんて、なにもないんだからね」

「となると、残るのは、一之沢たか子と花房波次郎の二人だ。志津さんの電話を受けたのは、この二人のうちのどちらかだったはずだ」

「そうなりますね」

丹波がうなずいた。

「しかし、どちらの人物だったにせよ、そのことをなぜ、われわれに隠したりしたんでしょうか」

「さあ」

沼田は首を振ったが、

「志津さんの電話を受けた人物は、その犯人と直接に話をしようとしていたのかも知れませんね。犯人を脅迫しようとして」

と言った。

4

「染太郎」を出た山内は、交番の前で沼田たちと別れ、花川戸にある「花や」に向かった。まだ早い時刻だったので、「花や」で飲みなおそうと思ったのである。

山内が店のドアをそっと開けると、客の姿はなく、花子がカウンターで所在なげに座っていた。

「あら、おにちゃん。いらっしゃい」

いつものように、花子は黒い眼を輝かすようにして、山内に愛想よく声をかけた。

「見えるころだと思ってた」

「さっきまで、『染太郎』にいたんだ。警部たちと一緒に」

「あら、そうだったの」

花子は、山内を端の椅子に座らせると、

「ほんとに、驚いちゃった、志津さんがあんなことになるなんて。浅草署の警部から、話を聞かされたときには、思わず耳を疑ったわ」

と言って、眉をひそめた。

「うちのばあちゃんが、最初に眼にしたんだが、またぞろ腰を抜かしそうになったとさ」

「そうだってねえ」

「今夜は、水割りにしようか。ご自慢の手づくりのおから、それとナスのしぎ焼きをもらおうかな」

「無理しなくていいわよ。『染太郎』で腹ごしらえしたんでしょ」

「お好み焼きは、なんとも苦手でね。やきもちを食ってるみたいで」

「あら。私は好きよ」

「ところで、花ちゃん」

うしろ向きになった花子の、むっちりとした腰を眺めやりながら、山内が言った。

「志津さんの電話の一件を、警部に訊ねられたんだってねえ」

「そう。えらくしつこく訊かれたわ」

花子は、テーブルにおからを置くと、

「そんな電話を受けていたら、すぐに警察に知らせているわ。隠す必要なんて、なんにもないんだから。お店を開けた直後、五時四十分ごろに店の電話が鳴ったけど、相手がなにも言わなかったんで、すぐに切ってしまったわ」

と言った。

「そうだってね。さっきも、警部たちとその話をしたんだが、その無言の電話は、志津さんが犯人の名前を誰かに告げた直後に、彼女の指がオートダイヤルのボタンに触れ、誤ってかかったものだったんだ。そうなると、志津さんが犯人の名前を告げた相手は、二人しか考えられないんだ」

「誰なの？」

「二つのオートダイヤルに番号が登録されていた、たかちゃんと波さんだ。二人のどちらかが、志津さんの電話を受け、そのことをわざと隠していると思うんだ」

「でも、なぜ隠す必要があるの？」

「さあね。志津さんを殺した人物と、直接話をつけようとしているのかも知れない――というのが、沼田警部の意見だがね」

「つまり、相手を脅迫するという意味ね？」

「まあね」

「こわいわねえ。こんなことが、いつまで続くのかしら」

「容疑者は、限られている。けど、決め手が摑めないんだ」

「今度の事件のことを、私なりに考えてみたんだけどね」

花子は、あどけない白い顔を傾けるようにして、山内を見た。

「意見を拝聴したいものだね」

「鴨川で、ジョニ黒の中に毒を入れたのは誰か、を考えてみたの。つまり、潤さんを殺したいと思った人物は誰か、をね」

「なるほど」

「やっぱり、別居中の奥さんの、佳子さんしか考えられないの」

「なるほど。佳子さんには、それなりの動機があった、というわけだね？」

「そう。佳子さんは、娘の咲江ちゃんを手許に置いて育てたかったのよ。それを、潤さんが反対し、咲江ちゃんを取り上げてしまったんだわ」

「その潤さんに、思いもかけず大金が転がりこむことになった。潤さんがぽっくり死ねば、佳子さんは大金と、そして咲江ちゃんを自分の物にすることができる」

「そうなの」

「そのために、佳子さんは鴨川の避難所で、潤さんに毒入りのジョニ黒を飲ませた、と」

「そう。佳子さんがあのとき、周囲の人の眼を盗んで、ジョニ黒の中に毒を入れた、としか私には考えられないの」

花子が言って、新しいビールを山内のグラスに注いだ。

「だがね、花ちゃん」

山内が言った。

「佳子さんが犯人であるかないかは別にして、いまの花ちゃんの説明には、ちょっと疑問があるんだよ」

「私の説明に？」

「佳子さんが鴨川の避難所で、ジョニ黒の中に毒を入れた、という説明さ」

「あら、違うとでも？」

「さっき、警部たちにも話したんだがね。それは、あと先のことを考えない、計画性のない犯行だと思うんだ。せっぱつまっての犯行なら、ともかくとして」

「でも、おにちゃん。潤さんは実際に、避難所で毒殺されたのよ」

花子は、黒い眼をさらに大きくした。

「ああ。たしかに毒殺だった。それも、殺された場所は、避難所である公民館の一室だった」

「だったら……」

「ジョニ黒の毒は、避難所で入れられたんではないと思うんだよ」

山内が言った。

「え？」

「つまり、避難所に着く以前に、ジョニ黒の瓶の中には毒が入れられていたんではないか、と私は思うんだ」

「だとすると……」

「そうなれば、佳子さんは犯人ではないということになるんだ。あのジョニ黒は、波さんの店から運ばれた品だったんだから」

「だとすると、おにちゃん」

「波さんが犯人、ということになるじゃないの」

花子のあどけない顔に、うっすらと赤みが浮かんだ。

「あくまでも、想定だけどね」

「そんな、ばかな。あの波さんが、そんなおそろしいことをするわけないわ」

「まあね。あの波さんにできる芸当とは、私にも思えないがね」

と花子が言った。

山内は言って、そんな話題を打ち切った。

胸にわだかまった疑念を言葉にしたままで、自信を持った推理ではなかったのだ。

山内が二本目のビールを空にしたとき、店のドアが開き、数人の若い男女の客が、押し入るようにしてはいってきた。

急に店内が騒々しくなり、落着けなくなった山内は、コートを手に取った。

山内が店のドアを開けると、花子が背後から近寄り、そっと肩に手を置いた。

「今度は、ゆっくり話したいわ。だから、またいらして」

「ああ。今度は、どこかのホテルの一室で、ゆっくりしたいもんだね」

「ばかねえ」

花子は小さく笑い、背後から体ごと、山内を押し出すようにした。

5

「花や」を出た山内は、馬道通りを左に折れて、仲見世通りにはいった。

以前には絶え間なく人波の続いた仲見世通りも、最近では人かげもまばらになり、活気が失せていた。

仲見世通りの突き当たりには、観音さまで親しまれている浅草寺があり、その裏手に、三社さままで有名な浅草神社がある。

山内は人気(ひとけ)のない暗い境内でふと足を止め、亡くなった花房潤一のことを思った。

若いころの山内と潤一は、五月中旬の三社祭に、朝から三日間ぶっ通しでみこしをかつぎ合った仲だったのだ。

若いころのそんな潤一の姿が消えると、山内の眼の前に、離婚した妻の白い顔が、いきなり浮かび上がった。

妻がはじめて自分から別れ話を口にしたのは、この浅草神社の境内で、三社祭のたけなわの夜のことだった。

山内はそのときの言葉のやりとりを、うら悲しく思い出しながら、神社の裏手に足を運び、行きつけのスナック「リッキー」に向かった。

酔いがこの程度までくると、次々とはしごになるのが、山内の悪い酒だった。

「リッキー」のマスター、柏木道夫(かしわぎみちお)とは、山内は十数年の顔なじみで、定休日の夜はよく顔を出し、母のタツも常連客の一人に名を連ねていた。

三十七歳の柏木は、考えられないような客扱いをする、じつにユニークなマスターで、この界隈(かいわい)の名物男でもあった。

通りに面した店のドアを開けると、客をさえぎるようにして、もうひとつのドアがあり、そのクギには「来店お断わり」という木札がぶら下がっていた。

山内がそのドアを押し開け、薄暗い店内をのぞくと、思ったとおり、カウンターに座っているただ一人の客は、母のタツだった。

「やっぱし、きたね」

タツはそんな声をかけたが、マスターの柏木は例によって固く腕組みをして、きわめて無愛想にしていた。

柏木は客に「いらっしゃい」なる声をかけたことがなく、なにしにきたという表情を挨拶代わりにしていたのだ。

洗いざらしのブルーの作務衣(さむえ)を着た柏木は、小柄だが、じつにがっちりとした体格の男で、長髪をうしろでゆわえていたので、新顔の客は、相撲上がりのマスターと、よく思い違いをした。

占いに精通していて、客の顔をしげしげと見て、それなりの講釈をしていたが、柏木の得意なのは、自称オッパイ占いだった。

「おにちゃん。みっともねえな。鼻の下が延びっぱなし」

カウンターに座った山内に向かっての、柏木の最初の挨拶がそれだった。

「そうかい」

「『花や』でとぐろ巻いてたのは、先刻ご承知。いまも、ばあちゃんとその話をしてたとこなの」

「そう」

「おにちゃんさあ。どこがいいの、あんな花子の。婦警くずれじゃないの」

と柏木が言った。

「くずれはねえだろう、くずれは」

「だって、交通課じゃ使い物にならなかったんだろう。交通整理のとき、赤信号と青信号を間違えちまってさあ。馬鹿みたい」

「嘘だろう、そりゃ」

「ところで、鬼一。警部たちとの話は、どうだった?」

タツが訊ねた。

「たいした話じゃないさ」

「事件の話は、ばあちゃんから聞いた。それにしても、ひでえじいさまがいたもんだねえ」

と柏木が言った。

「誰のこと?」

「決まってるじゃん。遺言状を書いたじいさまさ。あんな遺言状を作るなんて、大馬鹿野郎だ。相続人が死んじまったら、その相続分は施設にでも寄付するようにすりゃよかったんだ。そうすりゃ、誰も殺されずに済んだんだよ」

異様に鋭い眼を光らせながら、柏木が言った。

「なるほど」

「潤さんも、かわいそうな奴だ。大金が転がりこむってんで、うちの店でも有頂天になってたっけ。でもさ、あの顔には、悪い相が出てたなあ」

「ところでさ、鬼一」

タツが言った。

「犯人のことなんだけど、佳子さんか、たかちゃんのどっちかなんだろう?」

「それにもう一人いるよ」

「誰が?」

「波さんが」

「ちょっと、おにちゃんねえ」

柏木が口から泡を飛ばしながら、言葉をはさんだ。

「そりゃないよ。波次郎は、やっちゃあいねえよ」

「自信を持って言い切ったね」

「ああ。波次郎の話をしてやろうか。ねえ、聞きたい？」

「ああ。でも、その前に、水割りをつくってもらえないかな」

「なんだい、まだ飲むの」

「そのために寄ったんだから、頼むよ」

柏木は仕方ないといった面持ちで、例によって氷だらけの薄い水割りを、山内の前に置いた。

「おにちゃんは知らねえだろうが、波次郎とおれは、小学校時代の同級生だったんだ」

「それは知ってる。前に、幾度か聞いたことがあるから」

柏木は頭の回転は早かったが、物忘れの激しい男だった。

「波次郎はさ、めかけの子って言われて、小さいときからいじめられどおしでさあ。気が弱えもんだから、いつもめそめそ泣いてたっけ。波次郎のおやじってえのが、とんでもねえ野郎でな。長男の潤さんは、そこそこにかわいがったんだけど、腹違いの波次郎には、つらく当ってさあ、いつも殴ったり蹴ったりして、叱りとばしていたんだ」

「ひどいおやじだねえ。同じ自分の子に変わりはないのに」

とタツが言った。

「波次郎は、叱られるとよく、押入れの中にはいっちまってな。中学生のころ、おれが遊びに行ったら、押入れの中でさ、しくしく泣いてんだよ。おれが押入れを開けて出してやったんだが、そしたらよお、あのお佳も一緒にはいっていてさあ。驚いちまった」

　柏木が言った。

「お佳って、佳子さんのことかい?」

　タツが訊ねた。

「そうさ、潤さんや波次郎と遊び仲間だったあの佳子よ。一緒に押入れにはいって、波次郎を慰めていたんだろうが、あの当時のお佳は、しおらしかったねえ。いまとは大違い」

　柏木は、手許に置いたウーロンハイをぐい飲みすると、

「とにかくさ。波次郎は外でも家でも、いじめられ、馬鹿にされて育ったんだ。でもよお、波次郎はおやじのことも、兄貴の潤さんのことも、少しも恨んだりはしなかったんだ。あのおやじが飛行機事故で死んじまったときだって、波次郎はおんおん泣いてたんだからなあ。そういう奴なんだ、波次郎は」

　と言った。

「波さんは、いい人だ。それは間違いない」

　山内は、実感をこめて言った。

「そんな波次郎に、遺産が一銭も渡らねえなんて、そんなばかな話ってねえや。だからさ、

おれは波次郎に遺産が残されることを祈ってんだ。だから、協力してやってもいいって思ってんだ」

「協力するって、いったいどうするのさ」

とタツが訊ねた。

「潤さんとお志津が死んじまって、残ったのは、たか子と咲江の二人だ。この二人が死んじまえば、全部の遺産が波次郎の物になるんだろう？」

「そうだよ」

タツが答えた。

「だからさ、おれが手を貸してやるんだ。たか子にはだな、マンションの屋上からでも飛び降りてもらうか。かわいそうだけど、咲江はひき逃げにあったことにして」

柏木が言ったが、例によって真顔のままだった。

「ばかお言いでないよ、まったく」

タツが、皺だらけの顔を大きく歪めた。

そのとき、二人づれの客が店にはいってきたが、柏木は眼をくれずに、またウーロンハイをあおった。

6

「あのね、おにちゃん」

柏木が、浅黒い顔を山内に向けた。

「事件に関する、このおれの考えを話してやろうか。ねえ、聞きたい？」

「ああ。聞きたい」

「亡くなった潤さんは、昔からすげえやきもちやきでな。ずっと以前に、お佳の素行調査を探偵事務所に頼んだのを、おれは知ってんだ。ついでに教えてやっけど、その仕事はな、たか子がやったんだ。その探偵事務所に勤めていた、たか子がさ」

と柏木が言った。

「それで、素行調査の結果は？」

「そんなこと、おれ知らねえよ。お佳の顔にはな、淫乱（いんらん）の相があるんだ。だから、お佳が潤さんと別居するようになったのはな、お佳の浮気のせいだと、おれはにらんでんだ。間違いねえよ。潤さんは、お佳とよりを戻すつもりなんてなかったんだ」

「それで？」

「あれ、わかんないの。だからさ、お佳が潤さんを殺したんだ。潤さんを殺さなけりゃ、五千万という金は手にはいんねえからな」

柏木が言った。

「なるほどね」

「お志津を殺したのも、お佳だ。理由はどうあれ、お志津が死ぬことで、また二千五百万が転がりこむことになるんだからな」

「ねえ、マスター。水割りをくれない」

カウンターの二人づれの一人が、たまりかねたように言った。

「あれ。いつはいってきたの。やだなあ」

はじめて客に眼を向けた柏木は、すぐには注文の品は作らず、またウーロンハイをぐい飲みした。

話が途切れると、柏木は例によって、客のリクエストにはおかまいなしに、勝手にカラオケに入曲すると、「はい、ばあちゃん」と言ってマイクをタツの前に置いた。

流れてきた曲は、タツの唯一の持ち歌「浅草しぐれ」だった。

第七章　二本のジョニ黒

1

二月十四日。

午後五時ごろから、珍しく客がたてこみ、調理場の山内鬼一は、しばらくは仕事の手を休めるひまもないほどだった。

そんなときに限って出前もあり、タツは腰をおろす時間もなく、忙しく店と外とを往復した。

六時半ごろに、客が引きはらい、そのあとは、いつものように客足がなくなった。

「ばあちゃん」

座敷の縁に座った山内は、タバコを喫いながら、お勝手のタツに声をかけた。

「今日は、ばあちゃんの誕生日だったね」

「憶えていたのかい、感心に」

「店は早じまいにして、上野でフランス料理でも食うか」

「いいねえ。ごちそうしてくれるんだろうね」

前かけで手を拭きながら、タツがお勝手から出てきた。

「じつはね。おれ、いまおけら」

「なんだい」

「今日、たしか年金がはいったろう。だからさ、とりあえず、それで」

「やめとく。だから、おまえは、盗掘者なんて言われるんだよ」

「なんだい、それ？」

「『リッキー』のマスターが、そう呼んでたよ。か弱い年寄りの年金を食い物にしてるからさ」

とタツが言った。

「盗掘者ねえ」

あのマスターなら言いそうな科白だ、と山内は苦笑した。

そのとき、店のドアが開き、薄茶のコートを着た、スリムな女性が姿を見せた。

「あら、たかちゃん。いらっしゃい」

タツが声をかけた。

客は、一之沢たか子だった。

「久しぶりに、お鮨が食べたくなって」

カウンターに座ると、たか子が山内に言った。

たか子は生物が苦手とかで、客として店にくるのは、きわめて珍しいことだった。

「勤めの帰り？」

山内が訊ねた。

「ええ。まっすぐマンションに帰る気にもなれなくて」

たか子は長い髪を片手でかき上げ、整った顔を心持ち暗くした。

たか子がウーロンハイを注文したとき、店のドアが開き、野球帽をかぶった、配達の花房波次郎が姿を見せた。

波次郎はビール箱を台所に置くと、ジャンパーのポケットから、小さな紙包みを取り出し、タツに手渡した。

「なんだい、これ？」

「プレゼントです。おばあちゃんの誕生日祝いの」

波次郎が、小声で言った。

「あら、すまないねえ、波さん」

タツは、紙包みをおしいただくようにして、

「うちの盗掘者とは、えらい違いだ」

と言った。

「波さん。よかったら、軽くつまんでいかない」

山内はそんな言葉をかけたが、例によって波次郎は断わるだろうと思った。

だが、波次郎は黙ってうなずくと、野球帽を脱いで、たか子の二つ隣りの椅子に腰をかけた。

「元気そうね、波さん」

たか子が、そんな言葉をかけたが、波次郎は小さな笑みを見せただけで、黙っていた。

「ところで、山内さん」

波次郎が、細長い陰気な顔を山内に向けた。

「山内さんは、警部たちと一緒に、今回の事件を調べているそうですね」

「妙ないきさつからね。でも、調べるなんて、そんな大げさなもんじゃないよ」

「今回のことでは、正直言って参っています。警部にあれこれと調べられて」

「わかるね、その気持ち。あたしゃ、警察官の顔を見ただけで、おなかがさしこむように痛くなってねえ」

とタツが言った。

「私は最初から、あの遺産のことには、なんの関心も持っていなかったんだ。この私にも、相続のチャンスはある、と聞かされても、それを本気で受け入れる気持ちには、もちろんなれなかった。それなのに、警部たちは……」

波次郎が言った。

今夜の波次郎は、いつになく多弁で、その口調もはっきりしていた。

「『リッキー』のマスターのことだけどね」

タツが、波次郎に言った。

「マスターは、波さんに遺産をつがせたいって話していたよ。小学校時代の同級生の波さんに」

「あの柏木君がそう思ったところで、これだけはどうにもなりませんよ」

と波次郎が言った。

遺産をつがせるために、マスターの柏木が波次郎に手を貸し、たか子と咲江に消えてもらうという例の話は、さすがにタツは口にしなかった。

2

「ところでね、鴨川(かもがわ)の潤さんの事件だけど、詳しく話してくれないかな」

たか子の前に、にぎりを置きながら、山内が言った。

「そのことなら、先日浅草署で説明したと思いますけど」

「うん。けど、もう一度、たかちゃんの口から聞きたいんだ」

「でも、なにから話したらいいのか」

「最初から順に。たとえば、あの日の朝、たかちゃんが、この店に顔を見せたことからでも」

「地震のあった日の夜遅くに、潤一さんから私のマンションに電話があったんです。鴨川の佳子さんは、けがひとつしないで、公民館に避難したという電話でした。潤一さんが鴨川に行ってみると言ったので、私も一緒に出かけることにしたんです。鴨川には、親類がいましたので。それで、私が志津さんに電話をかけ、鴨川行を誘ったんです」

たか子は、そんな説明を始めた。

「たしか、たかちゃんが車を運転したんだったね」

「ええ。浅草を出発する前に、咲江ちゃんを預かってもらうために、波さんの店に寄りました。そして、食料品や飲料水を車に積みこんだんです。そのときは、潤一さんが店のジョニ黒も一緒に積んでいたことは知りませんでしたけど……」

「先日、浅草署の警部にも話しましたけど」

波次郎が、話をさえぎるようにして言った。

「そのジョニ黒は、私が兄に手渡したものではありません。兄が自分で棚から取り、紙袋に入れたものだったんです」

「紙袋に入れたジョニ黒は、一本だけだった?」

先日の沼田警部と同じように、山内が確認した。

「兄がジョニ黒をしまうところは見ていなかったので、私にはわかりません」

波次郎は、先日と同じ答えを返した。

「波さんの家を出て、そのまま鴨川に向かったんだね?」

山内が、たか子に言った。

「いいえ」

たか子が、細い首を横に振った。

「どこかに寄ったの？」

「先日は、志津さんも私も言い忘れてしまったんですが、三丁目の崎岡のブティックに、ちょっと寄ったんです」

とたか子が答えた。

「ほう。崎岡さんの店に」

「潤一さんが、そこで衣服を調達しようと言ったので。崎岡の店の品は、もちろん新品ばかりでしたが、崎岡が奥から売れ残った何着かの服を持ってきて、食料品などと一緒に、潤一さんに渡したんです」

たか子が言って、鮨をつまんだ。

「鴨川に着いて、たかちゃんと志津さんは一緒に、親類の家を見舞ったんだったね？」

「そうです。佳子さんのいる公民館の避難所に行ったのは、午後四時ごろでした。佳子さんは何人かと一緒に端の小部屋に避難していて、その傍らで潤一さんがウイスキーを――ジョニ黒を飲んでいました」

「そして、潤さんにすすめられるまま、志津さんはそのジョニ黒に口をつけたんだね？」

「私はとても飲む気持ちになれず、断わりました。佳子さんは、その一週間ぐらい前から胃の調子が悪いとかで、ジョニ黒には手をつけませんでしたけど」

「そのあとは？」

「佳子さんは、下着類やお金を取りに、住んでいたマンションに戻ったんです、志津さんと一緒に。私は庭に出て、たき火で食事の用意をしていました」

たか子が言った。

「すると、潤さんは一人で、公民館の中にいたんだね？」

「そうです。しばらくすると、マンションに出かけていた佳子さんと志津さんの二人が、両手に荷物をかかえて、公民館に戻ってきたんです。私は二人と一緒に部屋にはいりましたが、潤一さんはそのとき、新聞を読んでいました」

「ジョニ黒を飲みながら？」

「いいえ」

たか子は、首を左右に振って、

「そのときは、お酒は手にしていませんでした。それに、私が見たかぎりでは、潤一さんの傍らには、ジョニ黒の瓶は見当たりませんでしたけど」

と言った。

「そのあと、たかちゃん、志津さん、佳子さんの三人は部屋を離れ、庭に出たんだね？」

「ええ」

「潤一さんは？」

「部屋に残っていました。同じ部屋に避難していた中年の女性――例の桜井さんとなにやら話しながら、荷物の整理をしていました」

「そのとき、潤さんは、ジョニ黒の瓶を取り出さなかった？」

山内が訊ねた。

「いいえ。私は見ていません」

「あの余震がきたのは、それから間もなくのことだったんだね？」

「そうです。いま思い出しても、ぞっとします。公民館の端の建物が、二階ごと崩れ落ちてしまったんですから。でも、まさか潤一さんが、その建物の下敷きになったなんて、思ってもいませんでした」

たか子は、ウーロンハイを舐めるようにして口に運び、

「それよりもなにより、潤一さんが余震の起こるほんの少し前に、すでに死亡していて、それが服毒死だったなんて、まったく信じられませんでした」

と言った。

「その話を警部から聞かされたときは、私も一瞬耳を疑いました。避難所での兄の死は、不運な事故死だとばかり思っていましたから」

と波次郎が言った。

3

「私には、いまもって信じられないんです」

たか子は澄んだ眼で、山内を見入るようにしながら、

「志津さんが潤一さんと一緒に飲んだ、あのジョニ黒の瓶の中に、あとで誰かが毒物を入れたなんて」

と言った。

「でもね、たかちゃん」

山内が言って、たか子と波次郎の前にひかり物を並べた。

「潤さんが飲んで絶命したのは、志津さんが口をつけたジョニ黒じゃなかったんだ。つまり、そのジョニ黒の瓶の中には、誰も毒物なんか入れなかったということなんだ」

「え？」

「たかちゃんのいまの話を聞いて、自分の考えに確信を持ったよ。志津さんたちが飲んだジョニ黒の瓶に、あとになって毒物を入れることは、あの場合、ほとんど不可能に近かったんだ。潤さんはずっと公民館の部屋にいたし、そのそばには、桜井さんとかいう中年の女性がいたんだからね」

　と山内が言った。

「じゃ、潤一さんが飲んだジョニ黒というのは？」

「別の、もう一本のジョニ黒だったんだ」

「もう一本の？」

「あのとき、潤さんの手許には、二本のジョニ黒があったんだよ。潤さんは、志津さんと一緒に飲んだジョニ黒を、自分で全部空にしてしまい、そして二本目のジョニ黒を手にしたんだ」

　山内が言った。

「そのジョニ黒には、前もって毒物が入れられてあったんだ。なにも知らない潤さんは、余震の起こる直前にそれに口をつけ、たちまち絶命し、そして建物の下敷きになったんだよ」

「そうだったんですか」

たか子が表情を固くし、幾度かうなずいた。

「すると、山内さん」

波次郎が、細長い顔を近づけた。

「やはり、私の店から、兄が二本のジョニ黒を持ち出し、その一本に毒が入れられていた、ということになるんですか？」

「警部たちは、そう考えるだろうがね」

山内は、返事をはぐらかした。

「そんな。違います……」

「志津さんが思わずつぶやいた、『あのジョニ黒だわ……』、という言葉は、その二本目のジョニ黒を指したものだったんだ。前もって毒物の入れられていた」

「私は、そんなことはしていません」

「波さん。黙って、私の話を聞いてくれないか」

山内が言った。

「志津さんは、そのジョニ黒を用意した人物に心当たりがあったんだ。そのために、志津さんは殺されてしまった」

「気の毒にねえ、志津さんも」

　タツが言った。

4

「でも、志津さんなぜ、そのジョニ黒のことを、警部に話さなかったんでしょうか」

　とたか子が言った。

「鴨川署の丹波警部は、志津さんが警察に話さなかったのは、その人物を脅迫するためだった、と考えていた」

「脅迫……」

「この私も、警部の考えには賛成だがね。志津さんは、少し図に乗り過ぎたようだね」

「すると、山内さん。その脅迫されていた相手は、私だったと?」

　波次郎が訊ねた。

「なにも、そうは言っていない」

　山内は首を振り、波次郎の前にイクラ巻きを置いた。

「志津さんが血まみれになって倒れているのを、最初に眼にしたのは、このあたしでねえ」

タツが、そんな言葉をはさんだ。

「おったまげて、もう少しで腰を抜かすとこだったよう。人が殺されたのを見たのは、あれがはじめてだったから」

「その少し前に、志津さんから、二人前の出前の注文があってね。ばあちゃんが、それを出前し、志津さんの死体と直面したってわけなんだ」

と山内が言った。

「それは、警部から聞いています。おばあちゃんが、志津さんの店の前で、佳子さんに出会ったことも」

波次郎が言った。

「佳子さんと一緒に店にはいり、あたしが声をかけたんだけど、志津さんは一階の居間にはいなかったんだよ。寝ているんじゃないかと思い、あたしは勝手に二階に上がって行ったんだ。そしたら、階段の途中で……」

タツが言って、わざとらしく話を途切らせた。

「どうしたんですか？」

たか子が訊ねた。

「二階の和室から、志津さんの苦しそうな呻き声が聞こえてきてねえ。そいであたしは、慌てて和室をのぞいて見たんだ。おったまげたねえ、志津さんが背中をナイフで突き刺されて、うつぶせに倒れているんだもの……」

「ばあちゃん」

山内が、話をさえぎった。

「忘れていないかい。呻き声のほかに、なにか聞こえてきたはずだけど」

「そう、そう。うっかりしてた。呻き声のすぐあとで、志津さんの話す声が聞こえてきたんだっけ」

「つまり、志津さんが電話の子機に向かって話した声ですね？」

とたか子が言った。

「そうだよ。でも、そのときは、まさか電話で話しているなんて思わなかったがね」

「どんな声が聞こえてきたんですか？」

波次郎が訊ねて、タツの皺だらけの顔を見つめた。

「誰かの名前のようだったねえ。あたしゃ耳は達者なんだけど、あのときは外のガス工事の音がうるさくてねえ」

「そのとき、一緒にいた佳子さんは、なにも耳にしなかったんですか？」

　続けて、波次郎が訊ねた。

「佳子さんに、和室の声が聞こえるわけがないよ」

「なぜ?」

「だってさ。佳子さんはそのとき、一階の居間の上がり口にいたんだから。あたしの叫び声を聞いて、慌てて階段を上がってきたんだよ」

「そうでしたか」

「あたしが和室をのぞいたとき、志津さんはまだ死んじゃいなかった。電話を握った両手が、ぴくぴく動いていたんだから」

「志津さんはそのあと、なんにも話さなかったんですね?」

「そう。そのとき、佳子さんが和室にはいってきて、大声で呼んだんだけど、志津さんはなんにも答えずに、両手に電話を握ったまま、ぴくりともしなくなって。死んじまったんだ」

　タツは先刻と同じ説明を、また繰り返した。

「そうでしたか」

　波次郎は先刻と同じ言葉を言って、小さくうなずいた。

「でもさ。考えてみりゃ、ちょっと妙なんだよね」

　タツが、考えこむように言った。

「なにが？」

　山内が、思わず訊ねた。

「志津さんのことさ。あのとき、なにも苦労して電話なんかかけなくても、犯人の名前を言い残せたと思うんだけどね、あたしは」

「え？」

「つまりさ。このあたしに、口でもって話しゃよかったんだよ。一階の居間でのあたしの声や、階段を上がって行く足音を、志津さんは耳にしていたはずなんだからさ」

　とタツが言った。

「でも、おばあちゃん。志津さんは死を直前にして、一刻を争っていたから。おばあちゃんが部屋にくるまで、待てなかったんじゃないかしら」

　とたか子が言った。

「そうだろうかねえ。あたしが部屋をのぞいたとき、志津さんはまだ息をしていたんだけどねえ」

　タツが言った。

　山内はなにも言葉をはさまなかったが、タツの話にも一理ある、と思った。

志津の体に、まだ余力があったとしたらの話だが、タツが一階の居間にいることがわかっていたのなら、電話などという手段は選ばずに、直接タツに犯人の名前を告げてもよかったのである。

5

「その志津さんの電話のことでは、警部にしつこく訊ねられました」

たか子が、山内に言った。

「私の電話番号がオートダイヤルにはいっていたそうですが、私はあの日は、午後三時ごろから外出していて、マンションの部屋にはいなかったんです」

「そのことでは、私も調べられました。志津さんからは、あの日の午後一時ごろに酒の注文の電話をもらいました。志津さんが殺された時間帯には、私は配達から戻ったばかりでしたが、そんな電話は受けていません」

と波次郎が言った。

「オートダイヤルには、私たちのほかに、誰の番号がはいっていたんですか？」

たか子が訊ねた。

「もうひとつ、『花や』の店の番号も」

「じゃ、きっとさ、『花や』のママだねえ」

とタツが言った。

「なにが？」

「志津さんが電話した相手のことさ」

「だったら、ママがすぐに、浅草署に連絡しているよ」

「さあ、どうかねえ。隠しておいて、その犯人をゆすろうと考えているかもね」

「ばあちゃん。また、そんな」

「でも、山内さん」

波次郎が、小首をかしげた。

「電話を受けた人物は、なぜそのことを黙っているんでしょうか」

「いま、ばあちゃんが言ったような理由も考えられるね」

山内が言うと、波次郎とたか子が、ちらと顔を見合わせた。

6

たか子は一人前のにぎりを食べ終わると、腕時計に眼を落とし、バッグを手に取った。

「そうだ。うっかり忘れるところだった」

タツが、たか子の横顔に言った。

「なにか?」

「たかちゃんは、三、四年前まで、探偵事務所に勤めていたっけねえ」

タツのそんな言葉を聞き、山内は、やはりきたな、と思った。

タツは「リッキー」のマスターの話を、たか子に確認しようとしていたのだ。

「ええ。そうですけど」

「そのときにさ、潤さんから仕事を頼まれたと思うけど。奥さんの佳子さんの素行調査とかいうのを」

とタツが言った。

「誰が、そんなことを?」

たか子はバッグをテーブルに戻すと、茫然(ぼうぜん)とタツを見守った。

「『リッキー』のマスターが。あの男はね、見かけはああでも、嘘は言わない男でね」

「兄さんが、そんなことを頼んだんですか？」

波次郎が驚き顔で、たか子に訊ねた。

「もう探偵事務所の調査員じゃないんだから、隠してもしょうがないわね。たしかに、潤一さんから頼まれたわ、佳子さんの素行調査を。私はどうしても断わりきれずに、いやいや引き受けたんだけど」

「兄さんが、そんなことを……」

「でも、もう六年も前のことだわ」

「ねえ、たかちゃん。それで、その結果は、どうだったんだい？」

タツが顔を近づけると、たか子は一瞬、固い表情になった。

「たかちゃん。無理して答える必要はないんだ。ばあちゃんのは、野次馬根性なんだから」

山内は言ったが、言葉とはまったくうらはらに、たか子の説明を期待した。

「答えても、別にさしつかえのない内容ですから」

静かな口調で、たか子が言った。

「すると、たかちゃん。佳子さんは別に……」

　タツが言いかけて、口をつぐんだ。

「ええ。かなり慎重に調査しましたけど、佳子さんには、やましい行動は認められませんでした」

　たか子は、波次郎に向きなおると、

「潤一さんの取り越し苦労だったわけ」

と言った。

　タツの皺だらけの顔に、疑わしそうな色が浮かんだ。

　たか子は勘定を済ませると、波次郎に軽く会釈して、店を出て行った。

「驚きましたね。兄がたか子さんに、佳子さんの素行調査を頼んでいたなんて」

　たか子を見送るようにして、波次郎がまた、同じ意味の言葉を繰り返した。

「潤さんも、変わってるな。なにも、たかちゃんに頼まなくてもよかったのに」

と山内が言った。

「ええ。まったくです」

「でも、なにもなくてよかったわけだ。たかちゃんが話したように、潤さんの取り越し苦労だったんだから」

「さあ。どうだろうかねえ」

タツが、小首をかしげた。

「なにが？」

「その調査の内容だよ。佳子さんには、本当に、ほかの男はいなかったんだろうかねえ」

「疑っているんだね」

「たかちゃんは、ああ言ったけど、本当は違うんじゃないかねえ」

タツは、花房佳子を、どうしても不倫妻にしたいようだった。

「佳子さんが潤さんを裏切っていた事実があったとしたら、たかちゃんはそのことを当然潤さんに報告し、二人の間に一悶着(もんちゃく)あったはずだよ」

と山内が言った。

「まあ、そうですね」

波次郎はそう言うと、野球帽をかぶり、椅子からゆっくりと立ち上がった。

7

「ばあちゃん。ささやかながらも、誕生日祝いをやろう」

波次郎が帰ったあとで、山内がタツに言った。

「フランス料理とかは、けっこうだよ。あたしの大事な年金なんだからね」

「心配しなさんな。今夜は、盗掘者とかにはならないから」

山内は調理場を出ると、冷蔵庫からとっておきのワインを手にし、座敷のテーブルにワイングラスを二つ置いた。

「じゃ、乾盃（かんぱい）。七十六歳のお誕生日、おめでとう」

山内が言って、タツとグラスを合わせた。

「ありがと。おまえも長生きしておくれ。お酒はほどほどにしてさ」

「わかってます」

アルコールに強いタツは、グラスの中味を一気に半分ほどあけた。

「ところでさ、おまえ。鴨川の潤さんの事件のことなんだけど」

タツが、いきなりそんな話を切り出した。

「おまえはさっき、潤さんは二本目のジョニ黒を飲んで亡くなったとか言ったね」

「ああ。そのジョニ黒には、前もって毒物が入れられてあったんだ。潤さんは、なにも知らずにそれを飲み、死んでしまったんだよ」

「つまりさ、潤さんは鴨川に、二本のジョニ黒を持って行ったということなんだね？」

「そういうこと」

「でもさ。毒入りのジョニ黒は、波さんが渡したものじゃないよ。波さんには、そんなことはできっこないんだ」

「まあね」

「あたしゃね。さっきのたかちゃんの話を聞いて、ピンときたんだよ」

タツが言って、窪(くぼ)んだ眼を輝かした。

「どんな話？」

「潤さんたちは鴨川に向かう前に、崎岡のブティックに立ち寄った、と話していたろう。憶えてるだろう？」

崎岡岳夫のことを、タツは、さんづけでは言わず、呼び捨てにしたのは、彼と折り合いが悪く、毛ぎらいしていたからだった。

「ああ。憶えてる」

潤一たちが崎岡岳夫の店に寄ったのは、衣服などを調達するためだった、とたか子は話していたのだ。

「崎岡がそのとき渡したのは、着る物だけだったろうかと思ってさ」

タツはワインをまた一気に飲んで、山内を見た。

「衣服のほかに、いったいなにを？」

「まだわからないのかね、おまえは」

「お金でも渡したって言うの？」

「そうじゃない。お酒だよお」

「酒を？」

「そう。波さんの店から持ち出したのと同じ、ジョニ黒だよ」

タツが言った。

「ジョニ黒？」

「そう。毒のはいったジョニ黒を、衣服と一緒に、潤さんに手渡したんじゃないかと、あたしゃ思ったのさ」

「毒入りの……」

予想もしなかったタツの話に、山内は思わず唖然(あぜん)とした。

「そう。毒入りのジョニ黒さ」

「あのね、ばあちゃん」

山内は笑いを浮かべ、タツを見守った。

「崎岡岳夫が、いったいなんの目的から、そんなことをしたと？」

「決まってるだろう。遺産を手に入れるためにさ」

「ばあちゃんねえ。崎岡岳夫は遺産問題には、まったく無関係な人間なんだよ。なにがどう転んでも、彼には一銭もはいらないんだ」

「そんなことは知ってる。だから、崎岡は殺そうとしたんだよ」

「彼が、いったい誰を？」

「潤さんさ。ほかにはいないよ」

　とタツが言った。

「潤さんをねえ」

　山内が笑った。

「彼が潤さんを殺して、いったいどうなるって言うんだい？」

「わかんないかねえ」

「ああ。さっぱり」

「潤さんが死ねば、その遺産は誰の物になるんだい？」

「実の子の咲江ちゃん。つまり、別居中の妻、佳子さん」

「だからさ。こういうことも考えられるだろうが。崎岡が佳子さんと一緒になり、遺産にありつこうとした、と」

　タツは、そう言った。

8

「佳子さんと一緒になる……」

　山内は笑いかけたが、ふと顔から笑みが消えた。

　もちろん、途方もないタツの思いつきだったが、崎岡岳夫がもし、遺産にありつこうと願ったとしたら、佳子との結婚は、その方法のひとつではあるのだ。

「どうだい、あたしの考えは？」

「それなりに、おもしろいな。けど、それは、佳子さんが崎岡岳夫と一緒になるのを望んだ、という前提に立っての話だがね」

　と山内が言った。

「あたしゃね、『リッキー』のマスターの占いを信じるね。佳子さんの顔には、淫乱の相があるとか言ってたけど、間違いないと思うねえ。佳子さんはね、男なしでは暮らせない女なんだよ、きっと」

「じゃ、かりに崎岡岳夫が潤さんを毒殺したとすれば、志津さんも彼に殺されたということになるんだね？」

「もちろん。志津さんは、崎岡が手渡したジョニ黒を飲んで、潤さんが死んだことに気づいたのさ。だから、崎岡は志津さんをほうっておけなかったんだ」

「なるほど」

山内はもちろん、適当に相づちを打ったのである。

「あのとき、志津さんが佳子さんを店に呼び寄せたのは、潤さん殺しの犯人のことを、佳子さんに伝えようとした、とも考えられるんだよ」

「つまり、志津さんには、犯人を脅迫する気なんてなかったというわけだね？」

「そうさ」

「なるほど」

山内は、わざと大きくうなずいて見せ、

「じゃ、志津さんが死ぬ直前に電話した相手は、誰だったの？」

と訊ねた。

「その電話を受けたと思われる相手は、三人だったね。でも、たかちゃんと波さんの二人は関係ないよ」

「なぜ、その二人を除外するの？」

「志津さんの電話を受けていれば、すぐに警察に知らせていたからさ」

「すると、残るのは……」

「そうさ。『花や』のママだよ。志津さんの電話を受けたのは、あのママだったとしか考えられない」

とタツが言った。

「ばあちゃん。では、訊ねるがね」

「なんだい？」

「あのママがそんな電話をもらっていたとしたら、なぜそのことを隠しだてしなければいけないの？」

「決まってるじゃないか。崎岡をゆすろうとしたからだよ」

「しかし、遺産云々のことはともかくとして、崎岡は金持ちだとは思えないね。そんな相手をゆすったところで……」

「じゃ、あのママと崎岡は、できてたんだろうね。ママは、惚れた男のことをかばったんだ」

タツの想像は、あらぬ方向に走り、とどまることを知らなかった。

「あのママは、そんな女じゃない」

「知らないのは、おまえだけかもね。いい気になって鼻の下長くしてると、痛い目に合うからね」
タツが言った。

第八章　第三の死

1

二月十五日。

店の三帖の座敷に、四人の客が陣どっていたが、いずれも山内鬼一が所属している将棋クラブのメンバーで、二台の将棋盤に向かい合っていた。

四人は自宅で腹ごしらえをしていて、アルコールはいっさい飲まず、口にするのはお茶ばかりだったので、一銭の売上げにもならなかった。

座敷を離れた山内は、調理場に座ってビールのせんを抜いた。

例によって、二日酔を癒やすための迎え酒だった。

昨夜、母のタツの誕生日を店で祝ったあと、山内は「花や」に足を運び、三時近くまで飲んだくれていたのだった。

座敷の片隅の電話が鳴ったのは、午後五時近くのことだった。

山内が調理場を離れようとするより早く、お勝手にいたタツが、受話器を取り上げた。

タツの口調からして、山内は出前の注文かと思ったが、タツの声は途中から、消えるように細くなった。

タツは前こごみの格好で、言葉を途切らせたまま、乱暴に受話器を置いた。

「誰から？」

山内は思わず、背後から声をかけた。

「おまえ、また大変なことになっちまった……」

振り向きながら、タツが早口に言った。

「どうしたの？」

「浅草署からの電話でね、たかちゃんが……」

「たかちゃんが？」

山内はおうむ返しに訊きながら、次の瞬間、背筋を冷たくした。

「たかちゃんが、亡くなったんだって……」

「なんだって……」

山内は高く声を発したが、タツの言葉は、半ば予測できたものだった。

「マンションの屋上から、落っこちたんだって……」

「ばあちゃん。出かけるよ」

山内は仕事着のまま、調理場を出て、店のドアに向かった。

「あたしも行く」

タツは、はずした前かけを片隅にほうり投げ、山内に続いて店を出た。

一之沢たか子のマンションは、馬道通りの信号を右に折れ、七、八十メートル行った、飲食店街の一角にあった。

2

山内とタツがマンションのブロック塀の近くまでくると、敷地に二台の警察車が停まっていて、建物の右端に大勢の人だかりがしていた。

山内が人垣をかき分けて前に進むと、白い綱が張られ、その傍らに制服の警官が立っていた。

薄暗くなった芝生に、四、五人の係員が膝を折っていたが、その足許には、白いビニールで上半身をおおわれた女性の体が、あお向けに横たわっていた。

「鬼一。まさか、『リッキー』のマスターが……」

マンションの屋上を見上げながら、タツが小声で言った。

タツのそんな言葉で、山内は先日の柏木道夫の話をすぐに思い出した。

「たか子にはだな、マンションの屋上からでも飛び降りてもらうか」

花房波次郎に全遺産を相続させてやるために、柏木は手を貸すと言い、そんな言葉を残していたのだ。

「ばかな。マスターのは、同情から出た、ただのたとえ話だよ」

山内が言って、タツと同じように、五階建ての白いマンションを見上げた。

一之沢たか子は、柏木の言葉どおりに、マンションの屋上から転落し、死亡してしまったのである。

「ああ、山内君」

そのとき、コートを着た男が死体の傍らから立ち上がり、山内たちに声をかけた。

浅草署の沼田警部だった。

「驚いたよ、電話をもらったときには」

山内が沼田に言ったとき、前方から鴨川署の丹波警部が近づいてきた。

「おや。おばあちゃんも一緒だったんですか」

いつものやさしい口調で、丹波がタツに言った。

「ちょっと、こっちへ」

沼田が言って、山内とタツを、人気のない自転車置場のほうに案内した。

「電話でも話したが、このマンションの屋上からの転落死だ。発見者は、同じマンションに住む初老の主婦で、彼女の証言から、一之沢たか子さんが死亡したのは、午後四時前後とわかっている」

と沼田が言った。

「一之沢さんは今日、カゼ気味とかで会社を休んでいたんです。同じ五階に住んでいる住人の話によると、午後四時前に、腕時計をのぞき、時間を気にしながら一人で屋上に昇って行く一之沢さんの姿を見かけていました。ですから、屋上から転落したのは、そのほんの少しあとのことでした」

と丹波が言った。

「たかちゃんは、まさか自殺したんじゃ……」

タツが丹波に言うと、丹波はまん丸い顔を左右に振った。

「彼女の部屋を調べましたが、遺書はありませんでした。彼女には、七千万以上の遺産がはいる予定になっていたんですから、いかなる事情があったにせよ、簡単に自殺するはずがありません」

　丹波は、やさしい口調で言って、

「もちろん、事故死でもありません」

　と付け加えた。

「じゃ、殺された……」

「そうです。五階の住人の話からして、彼女はあの時間、屋上で誰かと会う約束を交わしていたんです。つまり、その人物に屋上から突き落とされて、殺されたんですよ」

「じつはね、山内君」

　たか子の遺体に眼をやりながら、沼田が言った。

「一之沢さんの死因は、全身打撲によるものだが、即死ではなかったんだ。発見者の初老の主婦が傍らに駆けつけたとき、一之沢さんは、まだかすかに呼吸をしていたそうだ」

「そして、主婦が声をかけると、一之沢さんは口許を小さく動かして、かすかに言葉を発したんですよ」

　丹波が、山内に言った。

「言葉を……」

「一之沢さんは短い時間、しきりに口を動かしていたそうですが、主婦が耳にしたのは、ごくごく短い言葉でした」

「それは、どんな？」

「さき、だ」

代わって、沼田が答えた。

「さき……」

「そう。一之沢さんは最後にそう言って、息を引き取ってしまったんだ」

「さき……」

山内は、繰り返しつぶやいた。

「もちろん、一之沢さんは犯人のなにかを言い残そうとしたんだが、それだけでは、なんのことやら見当もつかないが」

「まさか、たかちゃんが亡くなってしまうなんて。あんなに元気にしていた、たかちゃんが、あんな姿になっちまうなんて……」

タツが、涙声で言った。

「詳しい話は、あとでしよう。先に店に帰っていてくれないか」

沼田が山内に言って、足早にその場を離れて行った。

3

タツと一緒に店に戻ると、座敷で将棋をさしていた四人は、すでに姿を消していた。

山内が店ののれんをしまい、調理場でかたしごとをしていると、沼田と丹波が前後して店に現われた。

「毎度、毎度、ほんとにご苦労さまですねえ」

タツがそんなことを言って、カウンターに座った二人の前に熱いお茶を出した。

あれほどの警察ぎらいのタツだったが、度重なる接触のせいでか、その態度は、見違えるように和らいでいた。

「これで、遺産相続人の三人全員が、死亡してしまったことになる」

お茶を両手に持ちながら、沼田が山内に言った。

「ああ。一億五千万の遺産は、これで花房潤一さんの実子、咲江ちゃん——つまり、佳子さんの手に渡るわけだ」

「まさかねえ、こんな恐しいことになるなんて」

沼田たちの背後で、タツが言った。

「今月の二日の日に、潤さんがこの店に顔を見せて、その遺産の話を始めたんですよ。でも、こんな恐しいことになるなんて、あたしゃ、夢にも思わなかった」

「三人が亡くなって、一番得をしたのは、花房佳子だ。一億五千万を手にし、そして花房さんから、娘の咲江ちゃんを取り戻すことができたんだからね」

と沼田が言った。

「こうなれば、犯人ははっきりしています。花房佳子です。彼女は、強硬に否定していますが、潤一さんを毒殺したのは、佳子です。避難所にあったジョニ黒に、こっそりと毒を入れたのは、やはり佳子だったんです」

丹波は、山内に視線を移しながら、

「山内さんは、ジョニ黒は二本あり、その一本に前もって毒が入れられてあった、とお考えのようですがね」

と言った。

「ええ、まあ。私はいまでも、そう考えています。避難所で、ジョニ黒の中に毒を入れるなんて、あまりにも危険過ぎると思うんです」

「しかしですね。やってできないことはなかったと思いますがねえ」

「すると、山内君」

沼田が、そり返った顎に手を当てながら、

「きみの説を支持するとしたら、花房波次郎が犯人、ということになるね」

と言った。

「じつはね。毒入りのジョニ黒を前もって用意できた人物は、もう一人いたかも知れないんだ」

「え？」

「これはね、ばあちゃんが昨夜、ふと思いついたことなんだが、まんざら馬鹿にしたもんでもないよ」

山内が言って、座敷に腰かけているタツを見た。

「おばあちゃん。いったいどんなことを思いついたんですか？」

丹波がそう言いながら、座敷のタツを振り返った。

「めんどうくさいねえ、同じ話をするのは。鬼一。おまえ代わって喋っておくれでないか」

タツが、山内に言った。

「ばあちゃんは、毒入りのジョニ黒を潤さんに手渡したのは、崎岡岳夫さんだったかも知れない、という大胆な想定を打ちたてたんです」

山内が、笑いながら言った。

「崎岡岳夫が……」

「つまり、こういうわけです」

昨夜のタツの話を、山内は順を追って語ったが、最後の「花や」のママの一件は伏せておいた。

「なるほど。崎岡岳夫が、佳子と一緒になれば、遺産が手にはいるわけですからねえ。そのためには、まず夫の花房潤一さんを殺す必要があった。いやあ、おもしろい考えですねえ」

丹波は背後のタツに笑顔まじりで言ったが、思ったとおり、沼田は憮然（ぶぜん）としていた。

「ところで、警部さん」

タツが、丹波に訊ねた。

「たかちゃんは、なんで殺されてしまったんですかね?」

「ひとつには、志津さんを殺した犯人を知っていたからとも考えられますね」

「じゃ、志津さんのあの電話を受けたのは、たかちゃんだったんですか?」

「いいえ。それは違います」

丹波は、語調を強めるようにして言った。

「志津さんの事件の、一之沢さんのアリバイが、はっきりと証明されたんです。彼女はあの日、外出していましたが、その証人が見つかったんです。つまり、彼女は志津さんを殺してはいませんし、また志津さんからの例の電話も受けていなかったということです」

「そうでしたか。そうなると、志津さんの電話を受けたのは、やっぱし『花や』のママということになりますねえ」

　タツが言って、山内をちらと盗み見た。

「しかし、おばあちゃん。『花や』のママは否定しています」

「志津さんが電話で伝えた犯人の名前は、崎岡岳夫だったんですよ、警部さん」

　タツが言うと、丹波は笑みをそのままにして、あいまいにうなずいた。

4

「いずれにしても、一之沢たか子さんは、犯人の手がかりを言い残していたんだ」

　沼田が、山内に言った。

「うん。しかし、あれだけの言葉では、なんのことやら見当もつかないね」

「さっきも話したが、発見者の主婦の話では、一之沢さんはしきりに口を小さく動かし、なにかを話そうとしていたそうだ。主婦が耳に入れたのは、『さき』という二ことだけだったんだ」

「さき……」

丹波がつぶやいたとき、座敷のタツがまた腰を上げた。

「さき……それは、人の名前ですよ、警部さん」

「人の名前？」

丹波が、背後を振り返った。

「そう。たかちゃんは、『崎岡』って言おうとしたんですよ。『さき』とだけ言って、あとの言葉が続かずに、死んでしまったんですよ、警部さん」

とタツが言った。

沼田と丹波は顔を見合わせ、そして同時にタツを振り返った。

第九章　新たな容疑者

1

二月十七日。

午後一時ごろに、山内鬼一が店ののれんを出し、調理場で仕込みをしていると、浅草署の沼田警部が、ドアから長い顔をのぞかせた。

「悪いね、たびたび」

そう言いながら、沼田はカウンターに座った。

「なあに。ごらんのとおり、ひまだから」

「あら。鴨川（かもがわ）署の沼田警部は？」

タツが奥から顔を見せ、沼田にそう訊（たず）ねた。

「沼田はこの私で、彼は丹波です」

「ああ、そうだった」

「丹波さんは、いまちょっと鴨川に戻っていましてね」

と沼田が言った。

「で、なにかわかったの？」

山内が、沼田に訊ねた。

「一之沢たか子さんの事件だが、さっそくに関係者のアリバイを洗ってみた」

沼田は、気忙（きぜわ）しそうにタバコに火をつけ、

「花房波次郎は、あの時間帯には、注文の品を車で配達していたと言っている、この界隈（かいわい）をね。念のために、崎岡岳夫にも当たってみたが」

と言った。

「崎岡は、どうでしたか？」

タツが訊ねた。

「店に一人でいた、と証言しています。つまり、二人ともアリバイがあってないようなものです」

「佳子さんのアリバイは？」

山内が訊ねると、沼田はゆっくりと長い顎に手を当てた。

「彼女は、崎岡岳夫と同じように、自分の店にいた。けど、一人ではなく、従業員や訪ねてきた不動産業者と一緒だったんだ。確かめたが、彼女のアリバイは、ちゃんとしたものだったよ」

と沼田が言った。

「じゃ、佳子さんは犯人じゃなかったんですねえ」

タツが言って、沼田にお茶を出した。

「ええ。少なくとも、一之沢さんの事件に関しては、犯行は不可能です」

「ということは、志津さんの事件にも、無関係だったというわけか」

山内が言うと、沼田はそれには答えず、火をつけたばかりのタバコを、灰皿にもみ消した。

「これから、崎岡岳夫について、詳しく調べてみようと思ってね」

沼田は、長い顔をタツに向けて、

「おばあちゃんの話は、意外と参考になりましたよ。もしかしたら、いい線いっているかも知れませんね」

と言った。

「あたしゃ、思いつきを喋ったまでですよ。ほんの思いつきを」

タツはそう言うと、山内に向けてにんまりとした。

「ことに、『さき』については参考になりました。丹波さんも感心してましたよ」

沼田は言うと、お茶をひと口含んで、席を立った。

「きらいな警察に、思わぬ手助けをしたってわけだね、ばあちゃん」

沼田が店を出るとすぐに、山内が言った。

「まだ、ぼけちゃいないさ。うまくすりゃあ、警視総監賞がもらえるかも」

タツが、真顔で言った。

2

二人の常連客が帰ったあとは、夜の九時を過ぎても、店に客の現われる気配はなかった。

「ちょっと出てくる」

山内は仕事着を脱ぎ、和服に着替えると、レジの現金を懐にねじこんだ。

「しょうがないねえ、まったく。『花や』に入りびたりじゃないか」

とタツが言った。

「行先を言った憶えはないぜ」

「ちゃんと確かめてみるんだね、あのママに」

「なにを？」

「志津さんがかけた、例の電話のことさ。ママは、その電話を受けたに決まってるんだから」

「また、その話か」

「あのママと崎岡は、とうからできてるよ。あたしの勘に間違いはないんだから。それなのに、崎岡は佳子さんに……」

山内は、タツのそんな言葉を背中に聞きながら店を出た。

山内は、そのときはもちろん聞き流していたが、タツの言ったことは、意外な形で証明されることになったのである。

「あら、おにちゃん。いらっしゃい」

「花や」の店のドアを押し開けると、花子が例によって、愛想よく山内に声をかけた。

店の客は、山内の顔見知りの年配の男一人だけだった。

男は山内を見ると、意味ありげな笑みを送って、そそくさと店を出て行った。

「たか子さんの事件で、なにかわかったの？」

カウンターをかたづけながら、花子が訊ねた。

「今日の午後、浅草署の沼田警部が店に見えてね」

山内は、沼田の話を具体的に花子に語った。

「でもね、おにちゃん。たか子さんは、なぜ殺されたのかしら。志津さんの例の電話を受けたのは、たか子さんだったのかしら」

「いいや。たかちゃんは、その時間にはマンションにいなかったんだ。電話を受けた人物は、別人だよ」

「じゃ、いったい誰かしらねえ」

花子が、あどけない顔を横にかしげた。

「それはね。花ちゃんさ」

山内が言った。

「え?」

「うちのばあちゃんに言わせれば、の話。ばあちゃんはね、なぜか花ちゃんにこだわっていてねえ」

「でも、なんで、この私だって言うのかしらね」

「さあね。思いつきを、すぐ口にするばあちゃんだから」

山内は笑い、崎岡岳夫の例の一件には、口をつぐんだ。

「これで、遺産はすべて、咲江ちゃんの母親、佳子さんの物になるわけねえ」

「ああ」

「でもね。私の心情からすれば、波次郎さんに渡ってほしかったなあ」

「同じことを言うんだね、花ちゃんも」

「え？」

「『リッキー』のマスターも、それと同じことを言っていたよ。波さんに遺産が渡るよう、なにかと協力するとか言って」

「たか子にはだな。マンションの屋上からでも飛び降りてもらうか」

そんな柏木道夫の言葉が、また山内の頭の隅をかすめた。

「でもね。波次郎さんには、やはり遺産は渡らないわよ。だって、咲江ちゃんがいるんだから」

花子が言ったとき、店のドアが静かに開いた。

3

店にはいってきた小肥りの女性を見て、山内は思わず眼をこらした。

客は、咲江の母親、花房佳子だった。

佳子は薄いサングラスをかけ、そのでっぷりとした顔には、入念に化粧がほどこされていた。

「こんばんは」

佳子は小さく笑いながら、山内に挨拶した。

「珍しいね、ここへくるなんて」

山内が言った。

「さっき、おにちゃんの店に寄ったんです。そしたら、ここだと教えられて」

佳子はそう言いながらコートを脱ぎ、山内の隣りの椅子に、寄りそうようにして座った。

佳子は美人とは言えなかったが、大きな眼や口許に、どこかあやしげな色気があった。

ピンクのカーディガンの胸許は、高く盛り上がり、花子と同じように、むっちりとした体つきをしていた。

花子とは違って、佳子の崩れた感じの肢体には、男心を誘う一種独特な魅力があった。

「佳子さんはね、男なしでは暮らせない女なんだよ、きっと」

母のタツのそんな言葉が、山内の耳許に聞こえてきた。

「私になにか？」

思いを中断して、山内が佳子に訊ねた。

「事件のことで、話をしたかったんです。でも、なかなかその機会がなくて」

「そう」

「警部たちと同じように、おにちゃんも私のことを誤解しているんではないかと思ったものでで」

佳子が言って、花子にビールとつまみを注文した。

「誤解？」

「私は、すべての事件に無関係です。それをわかってもらいたいと思って」

「しかし、あなたには、疑われても仕方のない動機があるからねえ」

「それは、わかっています」

佳子は、山内のグラスにビールを注ぐと、

「私は以前から、娘の咲江を手許で育てたいと思っていました。でも、主人がどうしても承知してくれなかったんです。遺産相続のことを知ったのは、あの地震の三、四日ほど前でした。私はそのとき、主人と元のさやに納まることを真剣に考えました。もちろん、五千万というお金のためにです。貧乏ぐらしには、ほとほといや気がさしていましたから」

と言った。

「すると、潤さんに申し入れたんだね、一緒に暮らすことを?」

「ええ。地震の起こる前日の夜に」

「で、潤さんはなんと?」

「真面目(まじめ)には取り上げてくれませんでした。主人の気持ちは、もう私から離れていたんです」

と佳子が答えた。

「つまり、潤さんは離婚を考えていたんだね?」

「のようでした」

「そうか。あなたはつまり、咲江ちゃんと一緒に暮らしたいと願い、遺産も欲しかったというわけだ」

「でも、おにちゃん」

佳子は、厚化粧の顔を激しく横に振った。

「だからと言って、私は主人を殺したりはしていません。正直に言って、主人がこの世からいなくなってくれたら、と思ったことはあります。でも、あんな避難所の中で、ジョニ黒の中に毒物を入れて、主人を殺そうなんて、考えませんでした。そんなことをしたら、すぐに私に疑いが向けられてしまいますもの。私は、そんな愚かしい真似はしません」

「警部たちにも話したことだが、ジョニ黒の中の毒物は、避難所の中で入れられたんじゃあないな」

「え？」

佳子は、さぐるような眼で山内を見た。

「潤さんの手許には、あのとき二本のジョニ黒があったんだな。潤さんはその一本を空にし、二本目のジョニ黒に口をつけて、服毒死してしまったというわけだ」

「二本目のジョニ黒……」

「そのジョニ黒には、前もって毒物が入れられていた」

「前もって毒物が……」

「そのジョニ黒は、潤さん自身が持ってったんだ。波さんの店から」

「じゃ、波次郎さんが……」

「とも考えられる。潤さんが店から持ち出したのは二本で、その一本のジョニ黒に毒物が入れられていたとも」

「すると、やはり……」

「だけど、佳子さん」

山内は、ビールのお代わりを注文した。

「だけどだね、波さんの店から持ち出したのは一本だけだったとも考えられるんだ。つまり、毒入りのジョニ黒は、ほかから手に入れたものとも」

「ほかから……」

サングラスをはずした佳子の大きな眼に、一瞬光が宿った。

「波さんの店以外のどこかで、誰かが潤さんに手渡した物とも考えられるということだ」

と山内が言った。

「いずれにせよ、この私のしたことではありません」

佳子が言った。

4

「志津さんは、やがて気づいたんだな。二本目のジョニ黒の中に毒物が入れられてあったことを。そして、そのジョニ黒を用意した人物が誰だったかも」

山内が、話を続けた。

「毒物など用意しなかった私ですから、当然のことながら、志津さんを殺したりはしていません」

佳子が言って、ゆっくりとビールを飲みこんだ。

「毒殺犯人の正体を知った志津さんは、そのことは警察には伏せておき、その相手を脅迫したんだよ。志津さんが命を奪われたのは、そのためだろうな」

山内が言って、

「あなたがあの日、志津さんの店にはいったのは、不動産関係の仕事の話をするためだったんだね？」

と確認した。

「ええ。前にも言いましたけど。主人が生きているときの話でしたが、志津さんが裏の敷地の一部を売りに出したいと言われていましたので、そのことで訪ねたんです」

「そのことでは、志津さんのほうから電話があったんですね？」

「ええ。午後五時半に家にきてくれという。私の留守中にかかってきた電話で、事務所の従業員が受けていたんです」

「志津さんはあの日、にぎりを二人前、私んとこへ注文していた。警部の話にもあったように、その鮨はあなたに出すつもりだったと思うよ。そうなると、警部も言ったように、志津さんの話というのは、不動産関係のものだけとは、ちょっと考えられないんだなあ。つまり……」

「あのとき、沼田警部には言いそびれてしまったんですが」

佳子は、山内の話をさえぎるようにして、

「売地の話が、変にこじれてしまいましてね。志津さんが亡くなった日の前日、彼女がえらい剣幕で事務所に乗りこんできたんです。私もちょっと興奮してしまい、それで口論になってしまったんです。そのとき、たまたま駐車場にいた波次郎さんが、事情を知らないままに、仲裁にはいってくれたんですけど」

と言った。

「波さんが……」

「ええ。私はあのとき、その話の続きは日を改めてと言って、志津さんと別れたんです。志津さんがわざわざお鮨を用意したのは、そんな口論の気まずさのせいだと思うんです。つまり、仲なおりの意味で」

佳子が言った。

「そう」

「でも、あのとき、その志津さんがあんな形で命を落としてしまうなんて、思ってもいませんでしたけど」

「その犯人は、うちのばあちゃんが店にはいる前にすばやく逃げ出していたんだね。志津さんがかすかに生命を保っていて、子機を手にして犯人の名前を告げたとは、つゆ知らずに」

「おばあちゃんと私が、もう少し早くに二階に上がって行ったら、志津さんの口から、犯人の名前が聞けたと思いますが」

「あのう、佳子さん」

調理場から、花子がいきなり声をかけた。

「おばあちゃんが階段を上がって行ったとき、佳子さんはどこにいたんですか？」

「一階の居間の上がり口です。そこから、階段が見渡せていました」

「もちろん、志津さんの電話の声は耳にはいらなかったんですね？」

「なんにも。外のガス工事の音がうるさかったもので」

と佳子が答えた。

「じつはそのことで、うちのばあちゃんが、ちょっとおもしろいことを話していたなあ」

山内が、思い出すままに言った。

「どんな？」

「志津さんはあのとき、なにも苦労してわざわざ電話なんかかけなくても、犯人の名前を言い残せたんじゃないかと」

「どういうこと？」

花子が訊ねた。

「つまり、志津さんがばあちゃんに直接口で話せばよかった、ということなんだ。一階の店でのばあちゃんの声や、階段をどたどた上がって行く足音を、志津さんは耳にしたはずだから、と言ってね」

タツの言葉を思い出しながら、山内が答えた。

「なるほどね。おばあちゃんの言うことにも、一理あるわね」

花子は、あのときの山内と同じ感想を洩らした。

「でも、志津さんはあのとき、死ぬ直前だったんですから、おばあちゃんが部屋にくるのを待てなかったんでは」

と佳子が言った。

「ところが、ばあちゃんは、そうは受けとっていないんだ。自分が部屋をのぞいたとき、志津さんはまだ息をしていたと言って」

「そうですか」

佳子は小さくうなずき、ふと眼を宙に置いた。

「志津さんが子機のボタンを押し、電話に出た相手に、犯人の名前を告げたのは、まぎれもない事実なんだ。しかしながら、その電話の相手は、まだ見つけ出されてはいない」

山内が、佳子に言った。

「そのことは、私にも信じられません。子機の再ダイヤルには、ここの花子さんの店の番号が記録されていたとか」

「そう。あの日、志津さんが最後にかけた電話の相手は、だから、ここの花ちゃんだ。けど、それは志津さんが死の直前に、指で無意識に花ちゃんのオートダイヤルのボタンを押してしまったからなんだ。志津さんはそれ以前に、誰かに犯人の名前をちゃんと告げていたんだよ」

「いったい、誰だったのかしら」

「ママにもさっき話したけど、その電話を受けたのは、殺されたたかちゃんじゃない。たかちゃんはその時間、外出していてマンションの部屋にはいなかったからね」

「そうなると、波次郎さんだったと？」

「波さんは先日、私の店にきたけど、その件は否定していたよ」

「そうですか」

「電話の一件ではないとすると、たか子さんが殺された理由は？」

花子が、山内に訊ねた。

「さあ。たかちゃんが、なにか事件の真相に気づいていたとも思えないし」

「この私ではありません。たか子さんをマンションの屋上から突き落としたのは」

佳子は、にわかに強い口調で言った。

「私はあの時間帯には、自分の店で人と会っていましたから」

「そう。そのことは、沼田警部から聞いた。たかちゃんの事件には、あなたは無関係だよ」

「たか子さんの事件だけでなく、これまでのすべての事件にです」

言葉を区切るように言って、佳子はバッグからタバコを取り出した。

5

「また、うちのばあちゃんの話になるけどねえ」

山内が、佳子に言った。

「あのばあちゃんは、思いつくと、すぐにそれを口に出すたちでね。先日も、事件のことで、途方もないことを言い出してねえ」

「どんなことかしら？」

「毒入りのジョニ黒に関する話でね」

「毒入りの……」

佳子は口に運びかけたタバコを宙に止め、ゆっくりと山内に顔を向けると、

「つまり、誰かが主人に手渡したという、二本目のジョニ黒ですね？」

と言った。

「そうなんだ。潤さんはその毒入りのジョニ黒を、波さんの店ではなく、ほかの場所から受け取ったのではないか、とばあちゃんが言い出してね」

「ほかの場所？」

「崎岡岳夫さんのブティックだよ」

山内が言った。

「崎岡さんの店から……」

佳子はちょっと早口に言ったが、表情にはさしたる変化は見られなかった。

「崎岡さんが、毒入りのジョニ黒を渡したって言うの？」

花子が、驚き顔で言った。

「でも、おにちゃん。どうして崎岡さんがそんなことを？」

「あのママと崎岡は、とうからできてるんだよ」

タツのそんな言葉が、山内の頭の中によみがえった。

「花ちゃん。これはあくまでも、ばあちゃんの思いつきなんだから」

「おにちゃん。おばあちゃんは、どんな話をしていたんですか？」

花子とは対照的に、佳子は静かな口調で訊ねた。

「潤さんたちが車で鴨川に向かうとき、崎岡さんは衣服と一緒に、潤さんに毒入りのジョニ黒を手渡した、と言うんだ」

「だから、どうして崎岡さんが、そんなことを？」

花子が眼をつり上げるようにして、同じ質問を繰り返した。

「遺産にありつくためだ、潤さんの」

「そんな……」

「潤さんの遺産にありつくためには、潤さんを殺し、遺産を相続した咲江ちゃんの母親、佳子さんと一緒になることだ」

「ばかな。あの崎岡さんが、そんなことを……」

と花子が言った。

「ばあちゃんは、続けてこうも言った」

山内は、言葉を選ぶようにして、

「崎岡さんと佳子さんは、以前から情を通じ合った仲だと」

と言った。

「そんな……」

花子は、視線を佳子に移した。

佳子はじっと前方を見つめるようにしていたが、その横顔にはなんの変化も見られなかった。

「さすが、おばあちゃんですねえ」

そのままの姿勢で、ことともなげに佳子が言った。

「いまさら隠しだてはしません。崎岡さんとのことは、おばあちゃんの推察どおりですわ」

「本当なの？　参ったなあ」

山内は驚き、慌てて訊ねた。

「冗談で言っているわけじゃありません。崎岡さんとは、主人と別居する前から、こっそりと会っていたんです。別居してからも、彼はよく鴨川に訪ねてきました」

「へえ。そうだったんだ」

山内の眼の前に、タツの皺だらけの顔が浮かび上がった。

崎岡岳夫と佳子の関係は、タツの推察どおりだったのだ。

「私は、崎岡さんにおぼれ、夢中でした。でも、そんな関係は長くは続かなかったんです。最近になって、彼は私に飽きがきて、鴨川にもたまにしか訪ねてこなくなったんです」

佳子は、ビールをひと息に飲みほして、

「私はでも、彼を手放したくはなかったんです。それで、二人の間にはもめごとが絶えませんでした。いまにして考えてみれば、ばかみたいな話ですけど」

と言った。

「結局、崎岡さんは、あなたと手を切ったんですね？」

「はっきりと別れたわけではありません。でも、時間が経つと、私も冷静になり、もうどうでもいいと思うようになったんです。そんなときに、例の遺産の話が舞いこんだんです」

「崎岡さんは、どうしたの？」

「主人が鴨川で亡くなったすぐあと、崎岡さんは再び私の前に姿を現わしたんです」

「つまり、崎岡さんは、元どおりの関係に戻そうとしたわけだね？」

「ええ。文字どおり、手の平を返すようにです」

「それで、あなたは？」

「もちろん、無性に腹が立ちましたわ」

佳子は言って、口許を固く結んだ。

「つまり、あなたには、崎岡さんと一緒になる気はないと？」

「もちろんです」

「そのことを、崎岡さんに話したの？」

山内が、肝心な質問をした。

「具体的には、なんにも。崎岡さんは、こっちの気持ちを誤解しているようですけど」

佳子が言った。

「驚いたわ、佳子さんが崎岡さんとそんな関係にあったなんて」

あどけない顔を紅潮させながら、花子が言った。

「でも、いまのおばあちゃんの話は、ショックでしたわ。崎岡さんが私と一緒になるために、主人に毒入りのジョニ黒を手渡したなんて。そんなこと、一度も考えたことがなかったものですから」

「でもね、佳子さん。あくまでも、ばあちゃんの思いつきなんだ。この話は」

と佳子が言った。

「でも、もしも、その話が現実のものだったとしたら……」

佳子は言葉を途切らせ、赤い唇を山内に向けると、

「崎岡さんは、じつに無駄な努力をしたことになりますわ。彼と再婚することなんて、考えてもいないんですから」

と言った。

「でもね、佳子さん。おばあちゃんの話が、もし本当だったとしたら、佳子さんは、いわば崎岡さんのおかげで、大金持ちになれたということですわ」

花子は、真面目な顔で言った。

山内はそんな花子の丸い顔を眺めながら、さすがのタツも、花子と崎岡岳夫の関係だけは、正しくは言い当てなかったな、と思った。

6

話が途切れたとき、山内はふと、「リッキー」のマスター、柏木道夫の話を思い出した。

「ところで、話はまったく変わるがね」

山内は、佳子に向きなおった。

「波さんのことだが。『リッキー』のマスターから聞いた話だと、波さんは少年時代、みんなからいじめにあっていたんだねえ」

「ええ。愛人の子と言われて、いじめられ、仲間はずれにされていたようです。波次郎さんは気が弱くて、いつもめそめそ泣いていましたわ。かわいそうでした」

と佳子が言った。

「父親は波さんにつらく当たり、よく叱りとばしていたそうだね」

「ええ。あの父親は、酒乱だったんです。酒を飲むと、波さんを殴ったり、蹴ったりして」

「波さんは叱られると、よく押入れにはいって泣いていたとか」

「そうでしたわ。憶えています」

「そんなとき、あなたも一緒に押入れにはいって、波さんを慰めてやったとか、マスターが話していたよ」

「そう、そう。そんなことが何回かありました。私はそのころ、波次郎さんがかわいそうでたまらなかったんです」

佳子が、ちょっと湿った口調で言った。

「やさしかったのねえ、佳子さんって」

と花子が言った。

「あの当時はね」

「あの当時のお佳は、しおらしかったねえ」

そんな柏木の言葉を、山内はふと思い起こした。

「『リッキー』のマスターは、波さんに遺産を残してやりたい、とか言って、かなり息まいていたっけ」

山内は言ったが、柏木がそのことに協力する云々の話は、もちろん持ち出さなかった。

「その相続人から、波次郎さんがはずされているのには、まったく理解できないんです。波次郎さんって人は、どこまで不運なのか……」

佳子は残りのビールを飲みほすと、腕時計をのぞいた。

「じつは先日、波さんとたかちゃんの二人が、前後して私んとこへ顔を見せてねえ」

山内がそんな話を切り出したのは、例の素行調査の一件を確認してみようと思ったからである。

事件とはまったく関係のないことだったが、タツと同様に、山内はその一件が妙に気になっていたのである。

「そうですか。二人とも、おにちゃんの店が気に入っていたみたいでしたわ」

「これも、『リッキー』のマスターから耳にはさんだ話なんだが、亡くなった潤さんは、探偵事務所に、あなたの素行調査を依頼したことがあったんだってね」

山内が言うと、思ったとおり、佳子のでっぷりした顔に変化が走った。

「主人が、私の素行調査を？」

「うん。六年前のことだったとか」

「六年前……」

「じつは、潤さんはその調査を、当時探偵事務所で働いていた、たかちゃんに依頼したんだってね」

「たか子さんに……まさか、そんな……」

佳子は、赤い唇を震わせるようにした。

「そのことは、たかちゃんも認めていたよ。たかちゃんは断わり切れずに、その調査を引き受けていたんだ」

「知りませんでした。主人がそんなことを、たか子さんに頼んだなんて……」

佳子は顔を起こすと、さぐるような眼で山内を見ながら、

「たか子さんは、じゃ、その調査の内容も、おにちゃんに話したんですね？」

「うん。ばあちゃんが、無理やりに聞き出したんだがね」

結果はそうだったが、あのとき山内も、たか子の説明を期待したことは事実だった。

「で、たか子さんはなんと？」

訊ねたのは、佳子ではなく、調理場の花子だった。

「慎重に調査したけれど、佳子さんには、やましい行動は認められなかった。潤一さんの取り越し苦労だった——たかちゃんは、そう答えたんだ」

たか子のあのときの返事を、山内はそのまま繰り返した。

「そう」

花子は佳子を見つめながら、小さくうなずいた。

「それは、当然ですわ。崎岡さんとはあんな関係を持ってしまいましたけど、あの当時の私は、それなりに貞淑な妻でしたから」

佳子はそう言って、口許に複雑な笑みを浮かべた。

そんな佳子の笑みを見ながら、たか子の返事を聞いたときの、母のタツの疑わしそうな顔を、山内はふと思い浮かべた。

「じゃ、私はこれで。これまでの私の話、おにちゃんから、警部たちに話しておいてください」

佳子はそう言うと、サングラスをかけ、椅子から立ち上がった。

7

「いまの佳子さんの話、驚いたわねえ」

佳子が出て行った店のドアを眺めながら、花子が言った。

「崎岡さんと、そんな関係にあったなんてねえ」

「ああ。しかし、よく自分の口から喋る気になったねえ、あんな話を。ちょっと信じられないよ」

「それにしても、あの崎岡さんがねえ。ちっとも知らなかった」

「うちのばあちゃんはね、崎岡さんと花ちゃんの仲まで疑っていてね」

と山内が言った。

「私と崎岡さんの?」

「そう。知らないのは、この私だけだとか言ってね」

「冗談じゃないわ。なんで私が、崎岡さんと」

花子は白い歯をのぞかせ、屈託のない笑いを発した。

「まったくだ。ここに首ったけがひとりいるっていうのにさ」

「あら、言うわね、おにちゃん」

花子が、色っぽいしなをつくった。

今夜はひとつ、積極的にアタックしてみよう、と山内が腹づもりを決めたとき、店のドアが乱暴に開いて、二人の男の客が千鳥足ではいってきた。

山内は思わず舌打ちし、河岸を変えようと思い、財布を取り出した。

「あ、そうそう、おにちゃん。来週の木曜日、臨時休業にするから」

と花子が言った。

「おや。またなんで?」

「用事で出かけるの」

「どこへ?」

「鴨川よ。婦警時代の親友が、あの地震で被災してね。そのお見舞いに」

「車で?」

「車は何年も乗っていないから、自信がないわ。電車にする」

「なら、私も一緒に行くよ。車を運転して」

「あら、いいの？」

「ああ。店は同じく臨時休業にするから」

「悪いわねえ。でも、助かるわ」

花子が言って、色っぽく笑った。

第十章　押入れの死体

1

二月十九日。

山内鬼一は二日酔に悩まされながらも、調理場（つけば）に立って、仕込みの仕事を続けた。

午後三時近くに、店の電話が鳴り、山内が受話器を取り上げた。

「お仕事中に、申し訳ありません」

聞こえてきたのは、鴨川署の丹波警部の声だった。

「ああ、丹波さん。まだ鴨川に？」

山内が訊ねた。

「いいや。浅草署です」

丹波が言った。

「鴨川署にいた私に、沼田さんから電話がありましてね。花房佳子に関する山内さんの話を、詳しく聞かせてもらいました。しかし、驚きましたね、彼女と崎岡岳夫が、そんな関係にあったなんて」

「うちのばあちゃんの思いつきが、みごとに当たったというわけです」

「それでね、山内さん。花房佳子の住んでいた鴨川のマンションの住人に当たってみたんですよ。崎岡と思われる男は、やはりたまにマンションの部屋に姿を見せていたんです。住人の話では、二人は不仲のようで、部屋でもよく言い合いをしていたそうです。どうやら、男が手を切ろうとしたのが、もめごとの原因のようですね」

と丹波が言った。

「やはりね」

「こちらに戻って、もちろん崎岡岳夫を取調べました、重要参考人として。花房潤一さんの事件については、彼は驚き顔になって、必死に否定していました。花房さんに手渡したのは、古くなった女性用の衣類だけだったと言って」

「そうですか」

「しかし、毒入りのジョニ黒は、どこかから運ばれたものだという話は、彼にはかなりシヨックだったようですね。うろたえた表情を見せていましたよ」

と丹波が言った。

「佳子さんとの関係については？」

「最初は、白を切っていました。けど、花房佳子がみずから白状したことを告げると、彼は諦めて、素直に関係を認めました。おまけに、いまでも真剣に交際していると付け加えたりして」

丹波が答えて、

「彼は堂島志津さんの事件も、頭から否認しています。彼女に脅迫された憶えはない、と言って。もちろん、一之沢たか子さんの事件についても同じです。彼女が言い残した『さき』は、自分の名前ではないと言いはっていました」

と言った。

「そうですか」

「つまり、崎岡岳夫は、花房佳子と再婚し、遺産にありつこうとしたという、こちらの考えを否定したわけですが、やはりかなり臭いますねえ」

「思ってもみなかった、新たな容疑者というわけですね、彼は」

「いやあ、おたくのおばあちゃんの慧眼には、感服していますよ。さしずめ、ミス・マープルと言ったところですな、あのおばあちゃんは」

丹波は小さく笑い、電話を切った。

山内が調理場に戻ると、奥ののれんからタツが顔をのぞかせた。

「電話、誰からだい？」

「ばあちゃんお気に入りの、鴨川署の丹波警部から」

「なんて言ってきたんだい？」

「ばあちゃんは、さしずめ、ミス・マープルだってさ」

「なんだい、そりゃ。パイナップルの新種かい？」

ミス・マープルとは、イギリスの女流推理作家、アガサ・クリスティーの作品に登場する、素人探偵の老婦人だったが、タツがパイナップルの新種と間違えるのも、無理はなかった。

2

丹波警部の電話から、十分ほどたったときだった。

店のドアが開き、前掛をした、やせた顔つきの女性が姿をみせた。

花房波次郎の酒店でパート勤めをしている、坂西という名前の、五十歳前後の女性だった。

「あら、坂西さん。いらっしゃい」

タツが、声をかけた。

坂西が客として店に現われたのではないことは、彼女の服装や表情からして、山内には見てとれた。

「あのう、こちらに、うちの店の花房さんが見えなかったでしょうか」

坂西が、タツに訊ねた。

「波さんかい。このところ、顔を見せてないけどねえ」

「波さんが、どうかしたんですか?」

思わず、山内が訊ねた。

「さっき店に行ったんですが、花房さんがいないもので」

「配達じゃないの」

とタツが言った。

「配達用の軽トラックは、店の横に停めてあるんです。じつはおととい、店をしまうとき、花房さんは明日の十八日は臨時休業にすると私に言ったんです。それで、今日定時にきてみると、店のドアにまだ『臨時休業』の貼り紙がしてあったんです」

と坂西が言った。

「おかしいねえ。二日も店を休むなんて」

「私は気になったもんで、店にはいってみたんです。幾度も声をかけたんですが、花房さんは家にはいなかったんです。それで、こちらの店ではないかと思って……」

「もしかしたら、車でどこか出かけたのかも知れないねえ」

「波さんの乗用車は？」

山内が訊ねた。

「家には置けないので、佳子さんの事務所の裏庭を使わせてもらっているんですが」

「その裏庭を確かめたんですか？」

「いいえ」

坂西は、首を小さく振った。

「そいじゃ、電話で聞いてみるかねえ」

タツが受話器を取り上げ、花房佳子の家に電話をかけた。

電話に出た佳子と話している、タツの横顔を眺めながら、山内は不吉な胸騒ぎを覚えた。

「波さんの車は、置いたままになってるんだってさ」

電話を切ると、タツが山内に言った。

「おかしいなあ」

「佳子さんは、心配なんで、ようすを見に行くって言ってたよ」

「私も行ってみる」

山内は、その場で仕事着を脱ぎ捨てた。

山内と坂西が馬道通りを歩き出すと、背後の反対側の舗道から、佳子の呼び声が聞こえてきた。

山内と坂西は信号を渡り、佳子と三人で波次郎の店に向かった。

「お忙しいところを、すみません」

坂西が、佳子に言った。

「いいのよ。でも、おかしいわねえ。部屋に上がってみたの?」

「いいえ。そんなことはしません。無断で上がりこむなんて」

坂西が、強く首を振った。

3

古ぼけた店の前に立つと、坂西が言ったように、ドアには「臨時休業」とだけ書かれた貼り紙がしてあり、風にあおられていた。

坂西がドアを開け、先に立って店の中にはいった。

灯りの消えた手狭な店内には、わずかばかりの酒類や食料品が、申し訳程度に並んでいて、いかにも閑散としていた。

正面に薄汚れたのれんが下がっていて、その奥には、二つの部屋があった。

山内が雑然ととり散らかった手前の和室に足を踏み入れたが、波次郎の姿はどこにもなかった。

坂西は店内に残り、佳子が波次郎の名前を呼びながら、階段を昇って行った。

山内がたてつけの悪い障子を開け、隣りの洋間をのぞいたが、思ったとおり、人気はなかった。

洋間を出た山内は、二階を見上げながら佳子を待ったが、思いなおして階段に足を運んだ。

二階には、狭いながらも二つの部屋があり、左手の洋間はキッチンルームになっていて、小さな洗い場がついていた。

「見当たりませんわ、二階にも」

右手の和室から、佳子が首を振りながら姿を見せ、山内に言った。

波次郎の姿がこの家にはないことは、山内は店にはいったときに、半ば想像できたのである。

「やはり、どこかに出かけたのかしら。車は使わずに」

「でも、それだったら、店の戸閉まりをして行ったと思うよ」

山内はそう言いながら、右手の和室にはいった。

波次郎は、この部屋を寝室に使用していたようで、古びた家具が並び、すぐ右手に二間の押入れがあった。

その押入れの右のふすまが、十五センチほど開いたままになっていて、下段には、積み上げられた寝具の一部がのぞき見えていた。

山内が思わず、そのふすまの隙間に顔を近づけたのは、いちばん上になった掛け布団の傍らに、黒い髪の毛のようなものを眼にとめたからだった。

はっとした山内は、そのふすまに手をかけ、急いで左に押し開けながら、下段をのぞいた。

「ああっ……」

山内のすぐ背後で、佳子が短く悲鳴を上げた。

積まれた三つの寝具の背後から、花房波次郎が細長い顔をのぞかせていたのだ。

「波次郎さん……」

佳子が叫ぶように呼んだが、もとより波次郎の青白い顔はぴくりとも動かなかった。

波次郎は固く眼を閉じ、口許を薄く開けたまま、息絶えていたのだった。

「なんで、なんで、こんなことに……」

佳子は押入れの前で両膝を折り、手で顔をおおった。

「殺されたんだ。殺されて、押入れにほうりこまれたんだ」

山内が言って、その場を離れ、足早に階段をおりて行った。

山内が浅草署に連絡をとると、沼田警部がすぐに電話口に出た。

4

その十五、六分後に、浅草署の係員たちが花房波次郎の家に到着した。

山内と佳子、それにパート勤めの坂西の三人は、一階の店の片隅に立っていた。

「これで三度目ですね。事件現場で顔を合わせるのは」

丹波はそんな言葉を山内にかけたが、沼田は黙って傍らを通り過ぎて行った。

寄せられた。

初動捜査は三十分足らずで終わり、山内たち三人は、とり散らかった一階の和室に呼び

沼田と丹波を含めた五人は、汚れた座卓を丸く囲んで座った。

話の始まる前に、山内が坂西を沼田と丹波に紹介した。

「花房波次郎さんは、ご存知のように、二階の和室の部屋の、押入れの下段で、寝具と板張りにはさまれるようにし、顔だけを寝具の端からのぞかせた格好で、亡くなっていました。外傷はなく、死因はおそらく、農薬を嚥下(えんか)しての中毒死と思われます。死亡推定時刻は、検死を待たねばなりませんが、ポストに残された新聞などからしても、死後丸一日は経過していると思われますね」

沼田が、そんな説明をした。

「丸一日も……」

佳子がつぶやき、山内に視線を投げた。

「あのう、警部さん」

坂西が、こわばった表情で沼田に訊ねた。

「花房さんは、すると自殺したんですか?」

「いいや。自殺は考えられませんよ。寝具の積まれた、窮屈な押入れにわざわざもぐりこ

み、農薬を飲んだとは考えられませんからね」

「すると、あの布団は押入れに……」

坂西はそう言いかけて、言葉を途切らせた。

山内はそんな坂西の言葉が、ちょっと気になったが、沼田は意に介さずに話を続けた。

「押入れの中で毒を飲んだとしたら、その場にコップかなにかの容器が置かれてあったはずです。そんな容器は、押入れには見当たりませんでした」

「つまり、花房波次郎さんは、農薬を飲まされて殺されたんです」

丹波が、山内に向かって言った。

「犯人は息絶えた波次郎さんを、寝具の積まれた押入れにほうりこみ、そしてふすまを閉めたんです」

「ええ。そのとおりです」

山内が、うなずいた。

「でも、なぜ押入れに死体を?」

佳子が、丹波に訊ねた。

「もちろん、死体の発見を遅らせる目的からです。発見を遅らせ、死亡推定日時をあいまいにするためにです」

「ところで、坂西さん」

沼田が言った。

「あなたはこの店で、パート勤めをされていたそうですが、波次郎さんを最後に見たのは、いつのことでしたか？」

「おととい——つまり、十七日の日の夜です。私が八時過ぎに仕事を終え、帰ろうとしましたら、花房さんが、あすは臨時休業にするからと言われて。それで、今日の午後に店にきますと、ドアにまだ臨時休業の貼り紙がしてあったので、おかしいなと思ったんです。ドアにはカギがかかっていなかったので、私は店にはいったんですが、花房さんの姿が見当たらなかったんです」

と坂西が言った。

「部屋に上がって、確認したんですか？」

「いいえ、そんなことはしません。無断で上がりこむなんて。店でしばらく仕事をし、花房さんを待ったのですが、いっこうに姿を見せなかったんで、ちょっと心配になり、こちらの山内さんの店にうかがったんです。なにか事情を知っているのではないかと思って……」

「私は坂西さんの話を聞き、波さんが乗用車でどこかに出かけたんではないかと思い、駐車場を貸していた佳子さんの家に連絡をとったんだが、波さんは車を使用していなかったんだ」

　山内が、沼田に言った。

「そんな連絡をもらい、私は山内さんたちと一緒に、この店を訪ねたんです。私はそのとき、波次郎さんは急な病気かなにかで、部屋で伏せっているのではないか、と心配になったんです」

　続けて、佳子が言った。

「波次郎さんの姿は、部屋のどこにも見当りませんでした。私が二階にいたとき、山内さんも上がってきて……」

「和室の押入れのふすまが、少し開いたままになっていたんだ。その隙間から下段に積まれた寝具がのぞき見えていて、いちばん上になった掛け布団の傍らに、黒い髪の毛のようなものを眼にとめ、はっとしたんだ。急いでふすまを開けると、波さんの顔が寝具の背後からのぞいていて……」

　と山内が言った。

「坂西さん。ご苦労さまでした。もうけっこうですから」

　沼田が、坂西に言った。

坂西はみんなに一礼して、立ち上がったが、その場で山内たちを見渡すようにした。

「そうですわね。花房さんが自殺なんてするわけがありませんわね」

と坂西が言った。

「どうして?」

山内が訊ねた。

「だって、遺産とかいう大金が、手にはいるかも知れなかったんでしょ」

「誰がそんなことを?」

「山内さんもよく行かれる、『リッキー』という店のマスターから聞かされたんです」

「なるほど。あのマスターからですか」

「詳しくは話しませんでしたけど、マスターは、こんなことを言っていましたわ。波さんが遺産の全部を手にするのは、あとひと息だ、とか」

坂西はそう言うと、また一礼して和室を出て行った。

「あとひと息、ですか」

丹波はひとりごち、佳子の横顔を盗み見た。

波次郎が殺されたことを知ったら、あの柏木道夫はどんな顔をし、どんな言葉を口にするだろうか、と山内は思った。

5

「ところで、花房さん」

沼田が、佳子に言った。

「どう思いますか、このたびの波次郎さんの事件を」

「どうとは?」

「波次郎さんは、なぜ殺されてしまったのか、という質問です」

「さあ。私にはなんとも」

佳子はでっぷりした顔を伏せたまま、小声で言った。

「理由は、ただひとつですよ。堂島志津さんが、死ぬ寸前にかけた例の電話の相手は、波次郎さんだったんです。『花や』のママでもなく、それに殺された一之沢たか子さんでもなかったとしたら、残るのはただ一人、波次郎さんだけです」

「でも、波次郎さんだったとしたら、なぜそのことをずっと黙っていたんでしょうか」

「もちろん、波次郎さんなりの、ちゃんとした理由があったからです」

沼田は、そんな答え方をした。

「佳子さん。話は変わりますが」

　丹波が言った。

「崎岡岳夫とのことは、山内さんから詳しく聞かせてもらいました。正直なところ、いささか驚きましたがね」

「いまでは、後悔しています」

「なにをです？」

「あんな話をしたことをです。でも、山内さんのおばあちゃんの推察どおりだったんです」

「いい勘してますすよ、あのおばあちゃんは。まさに、ミス・マープルです」

「え？」

「いや。こちらのことです」

「崎岡岳夫は、あなたとの関係を、しぶしぶながらも認めましたよ」

　沼田が言って、

「あなたは、彼のことをどう考えていますか？」

　と訊ねた。

「どうとは？」

「彼はあなたとよりを戻し、巨額な遺産にありつこうとした、とは思いませんか?」

「さあ。私にはなんとも……」

佳子は再びあいまいに答え、沼田からそっと視線をはずした。

「彼が遺産にありつくためには、あなたのご主人、花房潤一さんにこの世から消えてもらうことが、必要不可欠な条件だったんです。だから、彼はそれを実行に移したんです。鴨川に車で向かおうとしている花房潤一さんに、毒入りのジョニ黒を手渡して」

「崎岡さんを調べられたんでしょう?」

「もちろんです」

「彼はなんと?」

「彼はもちろん、頭から否認していました。しかし、毒入りのジョニ黒の話は、かなりショックだったようで、うろたえていましたがね」

と沼田が言った。

「説明するまでもないと思いますが、堂島志津さんは車で鴨川に行くとき、花房さんたちと一緒に、崎岡岳夫のブティックに立ち寄っていました。だから、志津さんは、毒入りのジョニ黒が誰から花房さんに手渡されたかに、やがて気づいたんです。志津さんがあの日、鮨(すし)を注文して待っていた相手は、だから崎岡岳夫だったんです」

と丹波が言った。

「では、一之沢たか子さんを殺したのも、崎岡さんだったと？」

佳子が、丹波に訊ねた。

「もちろんです」

「でも、たか子さんは、志津さんのあの電話を受けてはいなかったはずです。それなのに、なぜ、たか子さんまで……」

「簡単ですよ。一之沢さんが、相続人の一人だったからです。一之沢さんが亡くなれば、遺産の全部――つまり、一億五千万が、咲江ちゃんの母親であるあなたの懐にはいるわけですから」

「そのために、たか子さんを……」

「一之沢さんは息を引き取る直前に、『さき』という短い言葉を言い残していました」

「さき……」

その一件ははじめて耳にするらしく、佳子は厚化粧のでっぷりした顔に、不審な色を浮かべた。

「ミス・マープル――つまり、山内さんのおばあちゃんの考えが、ここでも役に立ったんです」

「と言うと？」

「もちろん、『さき』は、崎岡の崎、という意味です」

「そして、崎岡岳夫は、波次郎さんの店を訪ねて、波次郎さんに農薬を飲ませて殺し、死体を押入れにしまったんです。農薬のはいった容器は、二階の流し場で処理したことは、説明するまでもありませんが」

　沼田が言った。

「崎岡岳夫が波次郎さんを殺したのは、志津さんの例の電話を受けた人物が、波次郎さんだったからです。つまり、波次郎さんは、志津さんを殺した犯人の名前を知っていました。だから、口を封じられたんですよ」

「さっきと同じ質問ですが」

　佳子が、沼田に言った。

「志津さんから例の電話をもらっていたとしたら、波次郎さんはそのことを――つまり、犯人の名前をなぜ警察に話さないでいたんでしょうか」

「波次郎さんは、やはり遺産を相続したかった、としか考えられませんね」

　と沼田が答えた。

「え？」

「波次郎さんはおそらく、崎岡岳夫の魂胆を見抜いていたんだと思いますね。つまりです、崎岡に遺産の相続人を次々に殺させ、最後に自分が遺産の全部を相続しようと考えたのかも知れないということです」

沼田は、そう言った。

「波さんが遺産の全部を手にするのは、あとひと息だ」

「リッキー」のマスターが、パート勤めの主婦、坂西に言ったというそんな言葉が、山内の頭をよぎった。

6

「でも、警部さん」

佳子が、沼田に言った。

「かりに、かりに波次郎さんがそんな考えを持ったとしても、娘の咲江が残されますわ。そうなれば、波次郎さんは遺産を相続することはできないんですから」

「しかし、波次郎さんがどうしても遺産を手に入れようと願ったとしたら、咲江ちゃんとて例外ではなかったと思いますがね」

「そんな。波次郎さんは、そんなことのできる人ではありません」

佳子が珍しく声を荒らげて言ったが、それには山内も同感だった。

「しかしですね、花房さん」

丹波が、佳子に言った。

「波次郎さんが志津さん殺しの犯人の名前を、誰にも話さないでいた理由は、いまの説明以外になにか考えられますか？」

「さあ。私にはなにも」

「波次郎さんが、崎岡になにか恩義を感じていて、かばったとでもいうのなら、話は別ですがね」

と丹波が言った。

「話は前後しますが」

沼田が、佳子を流し目で見ながら、

「崎岡岳夫と一緒になる気はないんですね？」

と訊ねた。

「もちろんです。そのことは先日、山内さんにも話しましたけど。崎岡さんには、はっきりと告げたわけではありませんが、彼は私の気持ちを誤解しているようで……」

佳子が答えた。

「そうなるとですね、花房さん。あなたは崎岡岳夫の、いわば無駄な努力のおかげで、思わずも全遺産を相続できた、ということになりますねぇ」

先日の花子と同じ意味のことを、丹波が言った。

佳子は丹波の丸い顔を見つめながら、なにも言葉を返さなかった。

「参考までにお訊ねしますが」

沼田が言った。

「あなたは昨日、ずっと事務所におられたんですか？」

「つまり、私のアリバイですね？」

「そうです」

「昨日は、朝から車で群馬県の高崎市に出向いていました。同業者と一緒に食事をしたりして、別れたのは夕方の四時ごろのことでした」

と佳子が答えた。

7

山内が波次郎の家を出て自宅に戻ると、店ののれんははずされていたが、母のタツが座敷にぽつんと腰をおろしていた。

「あれ、寝てなかったの」

「おまえを待ってたんだよ。やけに遅かったじゃないか」

タツが言って、顔をしかめてくしゃみをした。

「ばあちゃん。波さんがね、亡くなったよ。殺されたんだ」

「知ってる。坂西さんが店にきて、知らせてくれたから」

「そうか」

「あたしゃ、驚いたよ、波さんがあんなことになるなんて。いままで、波さんのことをいろいろと思い出していたんだよ。いい人だったよねえ」

「ああ。まったく」

「警部たちとの話は、どうだったんだい？」

「いろいろとあってね」

山内は警部たちとの話を、順を追ってタツに語った。

「波さんは小さいころ、おやじさんに叱られると、押入れにはいって、しくしく泣いてたって話だったねえ」

タツが言って、またくしゃみをした。

「ああ」

「そんな波さんがさ、押入れの中で死んでいたなんて、なんとも不思議な因縁だねえ」

タツが言って、口をぱくつかせたが、くしゃみは出てこなかった。

第十一章　積まれた寝具

1

二月二十二日。

山内鬼一は注文の四人前のにぎりを岡持（おかもち）に入れ、急ぎ足で店を出た。

山内が出前をすることになったのは、母のタツがカゼを引き、朝から二階の部屋で伏せっていたからである。

タツは山内とは違って、健康管理にはこまやかに気を使うたちだったが、カゼを引きやすい体質だった。

山内が出前から戻り、店の座敷でタバコを喫っていると、傍らの電話が短く一度鳴った。

この電話は、二階の部屋の子機と親子になっていて、内線通話ができる仕組みになっていたのである。

山内はタバコを喫いながら、子機ボタンが赤く点灯している電話に近づいて行った。

「なんだい、ばあちゃん」

山内は腰をかがめ、電話に向かって声をかけた。

「どこへ行ってたのさ。さっきも呼んだのに」

そんなタツの鼻声が、内蔵マイクから聞こえてきた。

「どこって、出前だよ。ばあちゃんの代わりにさ」

「タマゴ酒を作っておくれ。薬じゃ、らちがあかないよ」

とタツが言った。

「タマゴ酒ね。わかったよ」

点灯している子機ボタンを押して、通話を切った山内は、台所にはいってタマゴ酒を作った。

「しっかりしてくれよな。ばあちゃんだけが頼りなんだから」

酒の量を多めにしたタマゴ酒を、山内はタツの枕許（まくらもと）に置いた。

「おまえに頼りにされちゃ、世話ないよ」

寝床から起き上がったタツは、まずそうにしてタマゴ酒に口をつけた。

「用事があったら、子機で呼んで」

山内は畳に転がっている子機を、タツの枕許に置きなおし、部屋を出た。

軋む階段をゆっくりとおりて行った山内は、途中でふと足を止めた。

殺された堂島志津のことが、いきなり山内の頭をかすめ過ぎたからだった。

——志津があのとき手にしていた、親子電話の子機。

それは、山内の家の物とまったく同じ機種だったのである。

志津は死の直前に、その子機のどこかのボタンを押して、電話に出た相手に犯人の名前を告げた。

——待てよ。

山内は胸に萌した考えを追いながら、階段をゆっくりとおりて行った。

志津があのとき押した子機のボタンは、外線に通じるオートダイヤルのボタンだったのだろうか、と山内は思った。

オートダイヤルや再ダイヤルのボタンを押す以外にも、あの子機は相手と話せる機能を備えていたのである。

それは、さっき二階の部屋のタツがしたように、親機ボタンを押せば内線通話ができるのだ。

――内線通話。

山内は、はっとして、思わず一階の居間に立ち止まった。

――志津があのとき押したのは、オートダイヤルや再ダイヤルのボタンではなく、親機ボタンではなかったのか。

山内はそんな考えを追いながら、店の座敷に腰をおろした。

そして、山内ははっきりと結論を下した。

――志津の通話の相手は、あのとき志津の家にいた人物だったのだ。

うかつだった、と山内はつくづく思った。

志津のかけた電話は、外線だとばかり思いこみ、内線通話のことをまったく失念していたのだ。

山内はタバコに火をつけ、改めてあの志津の家でのことを思い起こした。

2

そのとき、階段にゆっくりとした足音が聞こえてきたので、山内はのれんを分けて居間をのぞいた。

「なんで、ああまずいんだろうねえ、タマゴ酒ってえのは」

綿入れの半てんをはおったタツが、そんなことを言いながら、居間におりてきた。

「ばあちゃん。ちょっと訊きたいことがあるんだ」

「あとにしておくれ。あたしゃ、トイレなんだ」

タツはそう言って、廊下の奥に姿を消した。

山内がかなり長い時間、こたつで待っていると、タツが身を震わせながら、居間に戻ってきた。

「ばあちゃん。話があるんだ。まあ、座ってよ」

「なんだい、いったい。あたしゃ、病人なんだよ」

「志津さんの事件のこと。大事な話なんだ」

「志津さんの事件……」

タツは不機嫌な表情のまま、こたつにもぐりこんだ。

「志津さんの家の電話のことなんだけど、どこに置いてあったか憶えてる？」

と山内が訊ねた。

「なに言ってんだい。志津さんが両手に握ってたじゃないか」

「それは子機だ。私が訊いているのは、親機のことなんだ」

「親機なら、一階の店だよ。居間の上がり口の近くの座敷に置いてあったよ」

「居間の上がり口の近く……」

「どうかしたのかい、その電話が？」

「ばあちゃんが階段を上がって行ったとき、その親機から、短い呼出し音が一回聞こえなかったかい？」

「さあね。なにしろ、ガス工事の音がうるさかったからねえ。あんな音さえしなかったら、志津さんの電話の声は、はっきりあたしの耳に入ったはずなんだ」

「ばあちゃんが階段を上がって行ったとき、一緒に店にはいった佳子さんは、一階の店にいたんだったね？」

「忘れちまったのかい。そのことは、何度も話したじゃないか」

「ちょっと、うろ憶えでね」

「佳子さんはね、居間の上がり口の所にいたんだよ。そこから、階段を上がって行くあたしを見上げてさ」

タツの言葉は、山内の記憶どおりの内容だった。

二階の部屋の堂島志津が子機を手に取ったとき、花房佳子は一階の親機のすぐ近くに立っていたのだ。

「ばあちゃん。あのとき志津さんはね、最も簡単で、そして手早く済む方法で、犯人の名前を伝えていたんだよ」

　山内が言った。

「だからさ。オートダイヤルとかのボタンを押して……」

「いいや、違うんだ。志津さんがかけたのは、外線でなかったんだ。内線通話だったのさ」

「内線通話……」

「そう。さっき、二階の部屋にいたばあちゃんが、子機を使って、私にタマゴ酒を頼んだときのようにね」

「するとだねえ、おまえ。志津さんは、さっきあたしがやったように、親機ボタンを押して……」

　タツは居ずまいを正すようにして、山内を見守った。

「そう。あのとき、一階の親機のすぐそばにいたのは、佳子さんだ。つまり、佳子さんは親機から聞こえてきた志津さんの声を、はっきりと耳に入れていたってことだ」

　山内が言った。

「そして佳子さんは、点灯している子機ボタンを押して通話を切り、二階に上がって行ったんだ」

「佳子さんが……すると、志津さんは、佳子さんに犯人の名前を伝えようとして……」

「いや。相手は誰でもよかったんだ。つまり、志津さんは、一階で人声がしていることに気づき、子機を手にし、親機ボタンを押したんだよ」

「そうだったのかい。おまえも、まんざら馬鹿じゃないんだねえ」

タツが小さく笑い、そのとたんに咳(せき)こんだ。

「ばあちゃんは先日、こう話していたね。志津さんが苦労して電話なんかかけずに、ばあちゃんに直接、犯人の名前を言えばよかった、とか」

「ああ、そうだよ」

「志津さんはだから、ばあちゃんに直接言おうとしたわけなんだ。子機の内線通話を使ってね」

「やっぱし、あたしの勘が当たったんだね」

「言ってみれば、ばあちゃんのカゼのおかげさ。ばあちゃんが子機の内線通話を使って、タマゴ酒を頼んだおかげってわけ」

「志津さんの声を聞いたのは、佳子さんだった。だけどおまえ、佳子さんはなんで、その犯人の名前を警察に……」

タツが言いかけたとき、店から男の声が聞こえてきた。

3

居間をのぞきこむようにして立っていたのは、鴨川署の丹波警部だった。

「やあ。丹波さん」

「また、おじゃましました。今日は、鮨をつまみたいんですが」

「どうぞ。おかけになって」

丹波の声を聞きつけて、タツが綿入れの半てんをはおったまま、店に顔をのぞかせた。

「おや、おばあちゃん。どうされたんですか？」

丹波がやさしい声で、気づかわしげに訊ねた。

「カゼ引いちまって。年には勝てませんねえ」

「でも、起きてらしていいんですか？」

「お気に入りの丹波さんが見えたんですから、ばあちゃんも寝てるわけにはいかないですよ」

と山内が言った。

「それは光栄ですな」

「今日の用事は、鮨だけなんですか?」

タツが、そんな訊ね方をした。

「鮨を賞味がてら、もちろん事件の話をしたいと思いましてね」

「波さんの事件で、なにかわかったんですか?」

包丁を使いながら、山内が訊ねた。

「まだ、特別にこれと言っては」

丹波は例によって、茶わんを両手で抱き包むようにして、うまそうにお茶を飲むと、

「花房波次郎さんの検死結果が出ました。やはり、農薬による中毒死です。あの二階の居間で、犯人の用意した毒物を飲まされ、即死したものと思われます。犯人はそのあと、花房さんの死体を押入れの中に押しこみ、毒物の容器を流し場で処理し、逃亡したんです……」

と言って、穴子をつまんだ。

「死亡推定時刻は?」

「十八日の正午から午後三時ごろにかけてと報告されています。つまり、波次郎さんの死体はまる一日近く、あの押入れにはいっていたことになりますね」

と丹波が言った。

「崎岡岳夫については？」

「もちろん、厳しく追及しました。彼は、犯行を強く否定していますが、そのアリバイもあいまいなんです。十八日は店の臨時休業とかで、正午から午後三時ごろの時間帯には、家の二階の部屋で昼寝をしていたということで」

「そうですか」

「念のために、花房佳子のアリバイも確認をとりました」

「どうでした？」

訊ねたのは、タツだった。

「彼女は十八日の日、朝から車で群馬県の高崎市に出かけたと証言していますが、そのとおりでしたよ。彼女と一緒に食事をしたという同業者にも当たりましたが、彼女が同業者と別れたのは、証言どおり、夕方の四時ごろでした」

と丹波が言った。

「そいじゃ、佳子さんは犯人じゃないってことですねえ」

「そうなりますね。あの二階の部屋で、波次郎さんに毒を飲ませたのは、彼女ではありません」

丹波が言って、お茶をがぶ飲みにした。

4

「じつはねえ、警部さん」

丹波の前に新しいお茶を置きながら、タツが鼻声で言った。

「ついさっき、おもしろいことがわかりましてねえ」

「ほう。今度はいったい、どんなことですか?」

丹波はことさらに眼を輝かすようにして、タツの顔を眺めた。

山内は、タツがその話を切り出すとは思ってもいなかったが、黙って最後のネタを握った。

「志津さんの例の電話のこと。あれはね、外線電話じゃなくて、内線通話だったんですよ」

「どういうことですか?」

タツのそんな説明に、丹波が首をかしげるのも無理はなかった。

「つまりねえ、志津さんは、子機についている親機ボタンを押して、犯人の名前を言ったんです。内線通話なんですよ」

「内線通話……」

丹波は、山内にゆっくりと視線を移した。

「そう思いますね」

山内が、補足説明をした。

「オートダイヤルや再ダイヤルのボタンを押したのでは、相手が出るまでに、それなりの時間がかかります。あのとき志津さんは、最も簡単にして手短な方法を選んだんです。つまり、子機の親機ボタンを押し、一階の店に置いた親機に話を伝えるという。あのとき、一階の店や居間で人声や足音がしていたことを、志津さんは気づいていたはずです。ですから、時間のかかる外線電話はかけなかったんです」

「なるほど。すると、あのとき一階の店にいたのは……」

「ええ。佳子さんです」

タツが、すかさず言った。

「佳子さんはあたしが階段を上がって行ったとき、一階の居間の上がり口にいたんですよ。だから、佳子さんは志津さんの言葉を耳にしたはずなんです。佳子さんは子機ボタンを押して通話を切り、なに食わぬ顔で二階に上がって行ったんです」

「なるほどねえ、おばあちゃん。そうだったんですか」

丹波は、タツの顔をしげしげと眺めまわし、

「またまた、おばあちゃんの勘がさえましたねえ。さすがは、ミス・マープルです」

と言った。

「あのね、警部さん」

タツが呼びかけたので、山内は丹波の思い違いを訂正するのかと思った。

「その、ミス・マーなんとかっていうの、なんですの?」

とタツは訊ねたのだ。

「ミス・マープル。外国の有名な推理作家の作品に出てくる名探偵でしてね。村に住んでいる上品な老婦人なんです」

「おやまあ。上品な老婦人ねえ。そう」

タツは皺だらけの白い顔に笑みを浮かべ、満足そうにうなずかせた。

「あの電話の相手が、やっとはっきりしたわけですね。でも、花房佳子が内線通話を耳に入れていたとは、思ってもいませんでしたよ」

「でもねえ。佳子さんはなんで、そのことを誰にも喋らなかったのかしらねえ」

タツが、首をかしげた。

「その理由は、二つ考えられますね」

　丹波が、タツに言った。

「ひとつは、花房佳子が、志津さん殺しの犯人だったということです。志津さんが伝えた犯人の名前が、花房佳子だったとしたら、当然のこと、彼女はそのことを誰にも喋らなかったはずです」

「ええ。それはまったく当然ですねえ」

「もうひとつは、志津さん殺しの犯人が、崎岡岳夫だった場合です」

「でもねえ。崎岡が犯人だったとしたら、佳子さんはすぐに、そのことを喋っていたんじゃないんですか？」

「さあ。それはどうでしょうか。花房佳子は、やはり黙っていたでしょうね」

「つまり、警部さん。佳子さんと崎岡が、ぐるだったということ？」

「ばあちゃん。それはないと思うよ」

　山内が言った。

「なんでだい？」

「二人が共犯だったとしたら、佳子さんは崎岡岳夫との不倫な関係を、私や花ちゃんには話さなかったと思うからさ」

と山内が答えた。

「そのとおりです。花房佳子は、たとえ口が裂けても、そんな秘密は言わなかったはずです」

丹波が、タツに言った。

「そうかあ。なるほどねえ」

タツは、うなずき、

「じゃ、佳子さんは、崎岡をかばったってことなんですね」

と言った。

「それも、違うと思いますね」

「じゃ、いったい……」

「花房佳子は、崎岡岳夫の目論み(もくろ)を見抜いていたんではないかと思います。見抜いていながら、知らんふりをしていたのは、もちろん遺産をより多く自分の物にするためにですがね」

と丹波が言った。

「佳子さんが、そんな恐しいことをねえ」

「考えられなくはありません」

「そうするとね、警部さん」

　タツが訊ねた。

「そうすると、波さんはなんで殺されてしまったんですかねえ。波さんは、志津さんのあの電話の声を耳にしたわけじゃないのに」

「いい質問ですねえ」

　丹波は、眼許を和ませながら、

「波次郎さんも、崎岡岳夫の目論みに気づいていた、としか考えられませんね。そのことを崎岡が知り、波さんをほうってはおけなくなった、としか」

　と言って、山内を見た。

「そんなもんですかねえ」

　タツが気乗りのしない言葉を返したが、山内も、丹波のそんな説明には納得しかねるものが残った。

「それ以外には考えられませんよ。おばあちゃんがいま言われたように、波次郎さんは志津さんのあの電話の声を聞いたわけじゃないんですから」

　と丹波が言った。

5

「それにしても、大変な事件ですねえ。何人もの人間が、次々に殺されてしまって……」

タツは言って、ゆっくりと指を折り始めた。

「四人ですよ、おばあちゃん」

丹波が言った。

「花房潤一さんが鴨川で毒殺され、その真相を知った堂島志津さんが、ナイフで刺し殺された。次にまた、一之沢たか子さんが自宅のマンションの屋上から突き落とされ、そして花房波次郎さんの毒殺死体が、自宅の押入れから発見された……」

「四人もねえ」

「その犯人は、崎岡岳夫です。彼以外には考えられません」

丹波は言って、思い出したように店の壁時計を見上げた。

「でもねえ、警部さん」

タツが、また声をかけた。

「たかちゃんは、なんで殺されちまったんですかねえ」

「一之沢たか子さんは、相続人の一人だったからです。彼女が亡くなれば、一億五千万の大金が咲江ちゃんの母親、花房佳子の物になります。そのために、崎岡は一之沢さんを殺したんです」

丹波は先日と同じ言葉を、返事にした。

「そうでしょうかねえ」

タツがそう言って、考えこむような顔になった。

「違うとでも？」

「あたしゃねえ、警部さん。たかちゃんを殺したのは、崎岡じゃないように思えましてねえ」

「では、誰だったと？」

「佳子さんじゃないのかなあ、って思ったりして」

タツのそんな返事に、丹波は小さく笑った。

「ですがね、おばあちゃん。花房佳子には、ちゃんとしたアリバイがあるんですよ。ですから、一之沢さん殺しの犯人は、彼女ではありません」

「そうですか」

丹波は椅子(いす)から離れ、ポケットから財布を取り出したが、ふとタツの横顔を見た。

「でも、おばあちゃん。なぜ、花房佳子が犯人ではないかと思ったんですか？」

「なあに。たいしたことじゃありません。ちょっぴり思いついたことがあっただけですから」

とタツが言った。

「参考までに聞かせてもらいたいですな」

丹波は、椅子に座りなおしながら、

「おばあちゃんのその思いつきというのは、なかなかのものですからねえ。なにか、役に立つかも知れません」

と言った。

「でも、ほんの思いつきですからねえ」

「聞かせてください」

丹波に促されると、タツはハンカチで水洟をかんだ。

タツはいったいなにを喋ろうとしているのだろうか、と山内はけげんに思った。

「たかちゃんは亡くなる前の夜、この店に寄ってくれたんですよ。そのとき、あたしがたかちゃんに訊ねたんです、素行調査のことを」

タツが言った。

その話を聞き、山内はタツが話そうとしている内容を、おおよそ理解した。

「素行調査って、誰のですか？」

「たかちゃんは以前に、探偵事務所の調査員をしていたことがありましてねえ。そいで、たかちゃんは潤さんに頼まれて、佳子さんの素行調査をやったんですよ。仕方なしに、いやいやながらねえ」

「花房佳子の素行調査を……」

「あたしゃ、たかちゃんにその調査の結果を訊ねたんですがね。たかちゃんは、ちゃんと返事をしてくれましてねえ」

「一之沢さんは、なんと？」

事件とはおよそ関係のない話だったが、丹波の眼はどこか輝いて見えた。

「たかちゃんはね、こう答えたんです。詳しく調査したけど、佳子さんにはやましい行動は認められなかったとね」

そのときのたか子の横顔を、疑わしそうな眼で眺めやっていたタツのことを、山内は思い出した。

「そうでしたか」

「けどね。あたしゃ、ちょっと信じられない思いを持ちましてねえ」

「と言うと、つまり、一之沢さんが嘘を言っていたと?」

「そのときのたかちゃんの顔を見て、あたしゃ、そう感じたんです。たかちゃんは、佳子さんの浮気の現場を摑んでいたんじゃないかと」

とタツが言った。

「なるほどね」

「たかちゃんは、そのとき一緒にいた潤さんの弟の波さんの手前も考えて、そんな嘘を言ったんじゃないかな、とあたしは思ったんですよ」

「すると、おばあちゃん」

丹波が言った。

「不倫関係を嗅ぎつけられた花房佳子が、一之沢さんを殺したと?」

「ええ、まあ。たかちゃんの事件のすぐあとで、ふとそんなふうに思ったんですがねえ」

「けどね、ばあちゃん」

たまりかねた思いで、山内が言った。

「かりに、佳子さんがそのとき浮気をしていたとしても、それはもう六年も前のことなんだよ。そんなことで、人ひとりを殺すなんて」

「まあ、そうだけどさ。あたしゃ、そのことが、どうも気になってねえ」

「とにかく、そんな話は事件には関係のないことだから」

と山内が言った。

「いや、わかりませんよ。花房佳子が一之沢さん殺しの犯人ではなかったにしても、今回の事件に関係がない、とは言い切れないと思います。なにせ、おばあちゃんの推察力は、ミス・マープルなみなんですから」

丹波がそんなことを言いながら、再び椅子から立ち上がった。

「どうぞ、またいらしてくださいねえ」

タツが、丹波の背中に声をかけた。

「あ、そうそう」

店のドアに手をかけながら、丹波はタツを振り返り、

「今日でしたね、花房波次郎さんのお通夜は」

と言った。

丹波が帰るとすぐに、タツは思い出したようにして、二度続けてくしゃみをした。

6

午後の五時少し前に、山内は調理場（つけば）を整理し、喪服に着替えるために二階に上がった。自分の部屋にはいった山内が、隣りの部屋の障子を開けると、タツが寝具の傍らで下着を代えていた。

「寝てなくていいの？」

「そうもしてられないだろう、波さんのお通夜なんだからさあ」

とタツが言った。

「無理しなくていいよ。私が代わりに出るから」

「そうはいかないよ。この手で線香の一本ぐらい上げてやらなけりゃ、波さんに申し訳なくて」

タツはそう言うと、押入れを開け、敷いた寝具をかたしにかかった。

「布団はそのままにしておけば。夜また使うんだからさ」

「あたしゃね、おまえみたいな、のめしじゃないからね。布団はちゃんとかたさないと気がすまないたちでね」

タツはそう言いながら、綿の薄くなった掛け布団を四つ折りにした。のめしとは、群馬県地方の方言で、物ぐさ、無精という意味だが、群馬県生まれのタツは、日ごろから好んでこの言葉を使った。

山内は着替えをしながら、タツの布団かたしの作業をぼんやりと眺めていた。

タツは掛け布団の上に電気毛布をしまい、最後に敷き布団を、「よっこらしょ」の掛け声とともに、一番上段に積み上げた。

押入れに積み上げられた布団に眼をやったとき、山内は反射的に、花房波次郎の押入れの死体を思い浮かべたのだった。

山内が押入れのふすまをいっぱいに開けたとき、一番上に積まれた掛け布団の端に、顔を載せるような格好で、波次郎は息絶えていたのだ。

タツの積み上げた布団を眺めていると、そんな波次郎の顔が、布団の端から突き出てくるような錯覚で、山内は思わず背筋を冷たくした。

――待てよ。

タツの布団の山を見ながら、山内はふと小首をかしげるようにした。

波次郎が顔を載せるようにしていた、一番上に積まれた寝具は、掛け布団だったはずである。

だがしかし、タツが積み上げた寝具の一番上には、掛け布団ではなく、敷き布団が載っていたのである。

それは当然で、タツは最初に掛け布団をたたんでしまい、次に電気毛布を、そして最後に敷き布団を、「よっこらしょ」の声もろとも積み上げていたからだった。

山内は再び、波次郎の死体のあった押入れを思い起こした。

山内はそこに積まれた寝具のことを、いまでもはっきりと記憶していたが、その積まれた順序は、タツの寝具とはまったく逆になっていたのである。

つまり、その順序は、一番上が掛け布団、その下がこげ茶の毛布、そして一番下が敷き布団となっていたのだ。

山内は着替えを中断し、再び首をかしげた。

寝床を離れた波次郎が、その寝具を押入れにしまったとしたら、タツの寝具のような積まれ方になるのが普通ではないか、と山内は思った。

山内自身の習慣から言っても、一番最初に押入れにしまうのは、古ぼけた薄い掛け布団なのだ。

だが、波次郎の押入れの寝具の積まれ方はそうはならずに、まったく逆になっていたのだ。

「なに、ぼんやりつっ立ってるんだい。具合でも悪いのかい」

　タツが言った。

「ねえ、ばあちゃん」

　ワイシャツのボタンをはめながら、山内はタツの部屋にはいり、押入れに眼をやった。

「ばあちゃんはさ、布団をいつもこういう順序に積み上げているんだね？」

「なんだって？」

　そんな問いに、タツがきょとんとした顔をしたのは、しごく当然のことだった。

「だからさ。最初に掛け布団、その上に電気毛布、そして最後に敷き布団、といった順序でしまっているんだろう？」

「あたりまえじゃないか。変なことを訊くんだねえ、おまえも」

　タツは半ばあきれ顔で、山内を眺めた。

「そうだよねえ。この私も、ずっとそうやってきたんだ」

「逆にでもしまってごらんな。今度は、敷くときに苦労するじゃないか」

「そのとおりだ」

「だから、あたしゃ、干した布団をしまうときでも、こういう順序にしているよ。あたりまえのこったけどさ」

だから」

「押入れがもっと広けりゃあ、無理してこんなふうには積み上げないよ。それにさ、りっぱな羽毛かなにかの掛け布団だったら、一番下にはしないけどね。なにせ、せんべい布団だから」

「なるほど」

「どうしたんだい、いったい。いきなり、変てこなことを言いだしたりして。飲み過ぎで、頭がおかしくなったんじゃないのかい」

「ところがさ、波さんの押入れの寝具は、ばあちゃんのとは逆に積まれてあったんだ」

「波さんの？」

「波さんはどうして、そんな積み方をしたのかな、とちょっと不思議に思ってね」

「もういいよ、その話は。それより、早くしないと遅れるよ」

とタツが言った。

7

店の戸締りをした山内は、タツと一緒に、波次郎のお通夜の行われている善照寺に足を運んだ。

善照寺は馬道通りから右に折れた浅草二丁目にあり、寺の裏手に「浅草花やしき」があった。

浅草の町なかにある歴史の古い遊園地で、日本最古のローラーコースターが民家すれすれに走り、園内には子どもの声が絶え間なく聞こえていた。

本堂の隣りのだだっ広い式場では、すでに読経が始まっていて、祭壇の手前には、花房佳子の姿もあった。

山内は「花や」のママ、倉品花子の姿を捜したが、まだきていないのか、どこにも見当たらなかった。

山内とタツがお焼香を済ませ、受付で香典返しを受け取っていると、傍らに立っていた喪服の女性が山内に軽く会釈した。

波次郎の店にパートで働いていた、坂西だった。

坂西に挨拶(あいさつ)を返し、山内は受付の前を離れかけたが、ふと波次郎の事件のときのことを思い出し、その場に立ち止まった。

「先に帰って。ちょっと用事を思い出したんで」

山内はタツにそう言って、受付に引き返し、坂西の傍らに近づいた。

「ちょっと話したいことがあるんですが」

山内が言って、坂西を受付の裏手に案内した。

「なんでしょうか」

坂西が、不審そうに訊ねた。

「波さんの事件のことで、あなたにちょっと確認したいと思いましてね」

「あの事件のことで？」

「あなたは警部たちとの話のときに、ちょっと妙なことを口にされていましたね」

坂西のそんな言葉を思い起こしながら、山内が言った。

「妙なこと？」

「ええ。たしか、波さんの押入れの布団のことで」

「ああ。あのことですか」

坂西は、やせた顔を大きくうなずかせた。

「たしか、『すると、あの布団は押入れに……』、とか、小声で言われ、言葉を途切らせていましたが」

沼田と丹波は注意を向けなかったが、山内はそんな坂西の言葉が妙に気になっていたのである。

「ええ。続けて話そうとしたんですが、なんとなく言いそびれてしまって」

「あの言葉には、どんな意味があったんですか？」

　山内が訊ねた。

「そんなたいした意味はないんです。押入れの布団にはさまって、花房さんが亡くなっていたと聞かされたとき、ちょっとおかしいなと思っただけで」

「なぜ、おかしいと？」

「めんどうくさかったんでしょうか、波次郎さんはいつも、寝具を押入れにはしまわずに、部屋の片隅に積み上げていたんです」

　と坂西が言った。

「片隅に積み上げて……」

　それは山内もよくやることで、そのために、タツからのめしと言われていたのである。

「そうです。私はときどき、二階の部屋を掃除してあげたので、そのことは知っていたんです。そんなときは、布団をベランダに干してさし上げましたけど」

「なるほど」

「だから、布団が押入れにしまわれてあったと聞いたとき、珍しいなと思ったんです」

「つまり、波さんが寝具を自分で押入れにしまったと思われたんですね」

「そうです」

「あなたは、波さんが死体で発見された日、二階には上がらなかったんですね？」

「ええ。あの日も申しあげましたが。波次郎さんがいないのに、無断で部屋にはいるのは気がひけたもので」

「すると、波さんが殺された日には、寝具が部屋の片隅に積み上げられていたかどうかは、わからないわけですね」

「でも、花房さんの死体が発見されたとき、寝具は押入れにしまわれていたんでしょ？」

「そうです」

「だったら、山内さん」

坂西は、口許に小さな笑みを刻んだ。

「花房さんが朝起きたときに、押入れにしまったんですよ」

「ええ。しかしですねえ、その寝具の積まれ方が、私やばあちゃんの習慣とは違うんですよ」

「違うとは？」

「一番上に掛け布団、その下に電気毛布、そして一番下に敷き布団という順で積まれてあったんです」

「一番上に掛け布団……おかしいですね、たしかに。普通なら、その掛け布団が一番下になっているはずですが」

「あなたも、やはりそう思いますか」

「いいえ、そういう意味ではないんです」

坂西は、首を振って、

「花房さんは部屋の片隅に寝具を積み上げていたとき、山内さんと同じで、いつも掛け布団を一番下にしていたんです。そんな習慣があった花房さんが、あの日に限って、その積み方を逆にしていたのが、ちょっと解(げ)せないんです」

と言った。

山内はタバコに火をつけ、坂西のこれまでの話から組み立てた推理を、ゆっくりと反芻(はんすう)した。

「つまりですね、こういうことだったと思います」

山内が言った。

「波さんは殺された日の朝、寝具を部屋の片隅に積み上げていたんですよ。まず掛け布団を四つにたたみ、次に毛布をたたんで、その上に載せ、そして最後に、敷き布団を一番上に載せたんです」

「ええ。それが花房さんのいつもの習慣でした。そのほうが、敷くときに楽だと思ったからでしょうね」

「つまりです、波さんが殺されたときには、その部屋に積まれた寝具は、そのままになっていたんです。波さんの死体は、犯人の手によって、寝具のはいっていない押入れにほうりこまれたんです」

山内が言った。

「すると、部屋に積まれた寝具は……」

「そのあとで、犯人の手で押入れにしまわれたんです」

「犯人の手で……」

「犯人は最初に、一番上になった敷き布団を押入れに入れ、次に毛布を、そして最後に、掛け布団を一番上に載せたんです」

と山内が言った。

「なるほど。だから、死体が発見されたとき、押入れの寝具は……」

「ええ。いつもの習慣とは逆になっていたんですよ」

「そうだったんですか」

坂西がうなずいたとき、受付係の若い女性が坂西を手招きした。

山内は坂西に礼を言って、善照寺をあとにした。

――しかし、犯人はなぜそんなことを。

「浅草花やしき」ぞいの道に歩を運びながら、山内は再びそのことを考えた。

波次郎に毒物を飲ませて殺した犯人は、その死体を空の押入れに押しこんだ。

そして、犯人は部屋の片隅に積み上げられた寝具を、上から順に押入れにしまいこんだのだ。

そんなことをした犯人の意図が、山内にはどうしても理解できなかった。

犯人が波次郎の死体の発見を遅らせようと考えたにしても、それは死体を空の押入れに隠すだけで、目的は達せられたはずである。

にもかかわらず、犯人は部屋に積まれた寝具を、わざわざ押入れに入れ、波次郎の死体をおおい隠していたのである。

山内は考えにふけりながら、店のドアに手をかけた。

8

山内が店にはいると同時に、座敷の隅の電話が鳴り、先に帰っていたタツが受話器を取り上げた。

短く応対していたタツは、受話器をほうり出すようにして座敷に置くと、山内を振り返った。

「おまえにだ。『花や』のママだよ」

タツは、不機嫌な口調で言った。

山内はタツに背を見せながら、受話器を手に取った。

「ああ。おにちゃん。波さんのお通夜で会えると思ったんだけど」

と花子が言った。

「たったのいま、帰ってきたとこなんだ」

「あしたのこと、大丈夫?」

あしたのこと、というのは、花子と一緒の鴨川行のことだった。

「もちろんだ。車もちゃんと整備しておいたから」

「悪いけど、お願いね。九時ごろ、どうかしらね」

「九時だね。わかった」

「じゃね」

花子が言って、電話を切った。

「どこかに出かけようってんだね、あのママと」

　山内を横目でにらむようにして、タツが言った。

「ああ。ちょっとドライブにね」

「つまり、店をほったらかしにしてだね」

「たまにはいいだろう、臨時休業も」

「鼻の下延ばしてると、いまにひどい目にあうからね。よおく憶えておき」

　タツが言った。

第十二章　偽りの調査

1

二月二十三日。
朝の八時に寝床を離れた山内鬼一は、障子をそっと開けて、タツの部屋をのぞいた。
タツは枕を抱きかかえるようにして、高いびきで眠りこけていた。
洗顔を済ませた山内は、菓子パンと牛乳で朝食をとり、足早に店を出た。
昨日とはうって変わり、天空は晴れ渡り、頬(ほお)に触れるそよ風も暖かかった。
山内は軽乗用車に乗り、馬道通りを右折して倉品花子の家に向かった。
家の近くまでくると、道路の舗道に花子が立っていて、山内の車に手を振った。
「悪いわね。朝早くから」

花子は運転席の山内に声をかけ、大きな旅行鞄(かばん)を後部座席に置いて、助手席に乗りこんだ。

「まさに、絶好のドライブ日和(びより)だね」

山内は薄茶のサングラスをかけ、車を発進させた。

「まさか、おにちゃんの車で鴨川へ行くなんて、思ってもみなかったわ」

花子は、あどけない丸い顔に明るい笑みを浮かべた。

山内は改めて花子を眺め、まるで別人のように思った。

赤いカーディガンジャケットに、茶色のデニムパンツをはいた花子は、店で見るよりも、はるかに若々しく、魅力的だった。

「ごらんのとおり、車はおんぼろだけど、二十五年間無事故の名ドライバーだからね」

「じゃ、飲酒運転もゼロってわけ？」

「あるさ。でも、事故らなかっただけ」

山内は雷門近くのスタンドで車を停め、念のためにガソリンを満タンに補給した。

そのスタンドのすぐ右手が、観光バスターミナルになっていて、しゃれた赤い二階建てバスが停まっていた。

浅草名物のこのバスは、浅草から上野までを十五分で走る。山内も母のタツと一緒に乗り、浅草の街並みを車窓から改めて眺めたことがあった。

「それにしてもね、おにちゃん」

車が浅草通りを抜けるとすぐに、花子が言った。

「波次郎さんの事件には、ほんとに驚いたわ。まさか、波次郎さんまで殺されてしまうなんて」

「まったくだ。あの押入れを開けて、波さんの死体を眼にしたときは、とても信じられなかった」

「すると、志津さんの例の電話を受けたのは、波次郎さんだったの？」

花子は訊ねて、チューインガムを口に入れた。

「いいや。波さんじゃない。志津さんの電話の声を聞いたのは、じつは佳子さんだったんだ」

「佳子さんが？」

事情を知らなかった花子が、驚き声を上げたのは無理もなかった。

「でも、おにちゃん。佳子さんはあのとき、志津さんの店にいたのよ、おばあちゃんと一緒に」

「内線通話だったんだ。志津さんはあのとき、外線ではなく、一階の店に置いた親機に声を流していたってわけさ」

山内は言って、その一件を詳しく花子に説明した。

「そうだったの。あの佳子さんがねえ」

「佳子さんはあの電話で、志津さん殺しの犯人の名前を聞いた。けど、彼女はそのこと最後まで誰にも喋らなかったんだ」

「どうしてかしら」

「丹波警部はその理由を、二つほど上げていたがね」

山内はそう言っただけで、具体的には説明しなかった。

車は浅草橋から京葉道路にはいったが、思ったほどの混雑はなく、比較的スムーズに走行できた。

「波次郎さんの死体は、死後丸一日経過していたんですってね」

花子が、話題を戻した。

「そう、殺されたのは、十八日の日の正午から午後三時ごろにかけてだ」

「でも、犯人は妙なことをしたわね。波次郎さんの死体を、布団のはいった押入れに入れるなんて」

「死体の発見を遅らせ、死亡推定時刻をあいまいにさせるため、というのが丹波警部の説明だったがね」

「でも、布団のはいった押入れに死体を押しこむなんて、大変な作業だったと思うけど」

と花子が言った。

「じつはね、花ちゃん」

花子の白い横顔にちらと視線を投げ、山内が言った。

「波さんが殺されたとき、あの押入れには布団ははいっていなかったんだよ」

「え?」

「波さんはあの日、朝起きたときに、寝具は押入れにはしまわずに、部屋の片隅に積み上げておいたんだ」

「じゃ、押入れの中は、からっぽだったのね?」

「そう」

「でも、どうしてそのことがわかったの?」

「私がね、自分なりに推理したんだよ。ばあちゃんが押入れに布団をしまうのを見て、ふと思いついたことなんだが」

「どういうこと?」

「押入れの中の波さんの死体を見たとき、そこには三種類の寝具が積まれてあったんだ」

その押入れの寝具を再び思い起こしながら、山内はそんな話を繰り返した。

「一番上に掛け布団、その下に電気毛布、そして一番下には、敷き布団が置いてあったんだ」

「一番上に掛け布団……」

花子はチューインガムの咀しゃくをやめ、前方を見入るようにした。

「そんな寝具の積まれ方を見て、花ちゃんならどう思う?」

「掛け布団、電気毛布、敷き布団……」

花子は、そんな言葉をゆっくりとつぶやき、

「私とはまったく逆だわ、積まれ方が。朝起きて、寝具を押入れにしまう場合には、私はまず、掛け布団から最初にしまうわ。そして、次に電気毛布。だから、敷き布団が一番上になるのよ。人によっては、掛け布団がぺしゃんこになるのを嫌うけど、私のは古いせんべい布団だから。それに、そうしたほうが、敷くときに楽だしね」

と言った。

「さすがは、元婦警だけのことはあるね」

「元の職業は、このさい関係ないでしょ」

花子が、小さく笑った。

「私はそんな寝具の積まれ方にちょっと疑問を持ち、波さんの店でパート勤めをしていた、坂西さんという主婦に訊ねたんだ。その坂西さんから、波さんがいつも、寝具を押入れにはしまわずに、部屋の片隅に積み上げていたという話を聞き出したんだよ」

「なるほどね。すると、波さんはあの日も、寝具を……」

「そう。押入れの中ではなく、部屋の片隅に積み上げておいたはずなんだ。いつもの習慣どおりに、一番下に掛け布団、その上に電気毛布、そして一番上に敷き布団、という順序でね」

「すると、その積まれた寝具を押入れにしまったのは……」

「そう。波さんを殺した犯人だ。犯人はまず波さんの死体を押入れの奥に入れ、そのあとで、部屋に積まれた寝具を上から順にひとつずつ——つまり、敷き布団、電気毛布、掛け布団といった順に押入れにしまったんだよ」

と山内が言った。

「なるほど。それで、おにちゃんが波さんの死体を発見したとき、その寝具は波次郎さんの習慣とは逆の積まれ方になっていたのね」

「そうなんだ」

話に熱中した山内は、赤信号に気づくのが遅れ、慌ててブレーキを踏んだ。

「私はね、疑問を持ったんだ、部屋の片隅に積まれた寝具を、犯人がなぜわざわざ押入れにしまったのかと」

「ええ。そうね」

「発見を遅らせるために、死体を押入れに隠したのだとしたら、それだけで犯人の目的は達せられたと思うんだよ、なにもわざわざ寝具までしまわなくても」

「ええ」

「それにだね、花ちゃん」

山内は、車を発進させながら、

「寝具を押入れにしまったために、逆に死体の発見を早める結果になったんだよ」

と言った。

「なんで?」

「犯人は慌てて寝具をしまいこんだらしく、押入れのふすまが十五センチほど開いたままになっていて、一番上になった掛け布団の一部が、そこからはみ出していたんだ。私の眼は思わずそこに向けられ、それで押入れの中をのぞきこんだんだ」

「なるほど。おにちゃんの言うとおり、死体を隠そうとしたのなら、それを押入れの中にしまうだけで充分だったと思うわ、私も」

「私にはわからないんだ、寝具をしまおうとした犯人の意図がね」

と山内が言った。

2

京葉道路から国道16号線にはいると、被災地に向かうためなのか、車の台数が急に増えて、しばらくはのろのろ運転が続いた。

「そうなると、犯人はやはり崎岡岳夫さんだったのね」

前方に連なる車の列を見やりながら、花子が言った。

「まあね。佳子さんではなかったとしたら、彼以外には考えられない。彼は重要参考人として留置されているらしいけど、犯行は頑強に否定しているそうだ」

「崎岡さんが潤一さんに手渡した品物の中に、毒入りのジョニ黒が混じっていたということね」

「うん。じつはね、そのことなんだけどね。ちょっと疑問に思うことがあるんだ。警部たちには、まだ話していないんだが」

と山内が言った。

「なに？」

「崎岡がこの世から消えてもらおうと願った相手は、あくまでも潤さんだったはずなんだ。知ってのとおり、潤さんは洋酒好きの大酒飲みだ。そのジョニ黒にも口をつけるのは、まず間違いない。しかしだ、そのジョニ黒に、もし佳子さんも口をつけたとしたら、どうなったろうか」

「そうね。間違って、佳子さんもそのジョニ黒を飲んだとしたら、崎岡さんの計画は、その時点で挫折することになるわ。崎岡さんが遺産にありつくのには、佳子さんと一緒になるという大前提があるんですものね」

「そう。佳子さんは地震の起こる一週間ほど前から胃の調子が悪く、アルコールはいっさい絶っていたそうだが、そのことを崎岡が知っていたかどうかなんだ。もしも、そのことを知らなかったとしたら、崎岡は危険な大ばくちを打ったことになるんだよ」

山内が言ってタバコをくわえると、花子がライターを点火した。

16号線から127号線にはいると、道路の混雑はますますひどくなり、山内は先刻からの尿意に絶え切れなくなった。

「早いけど、昼めしにしないか」

花子の返事も聞かずに、山内はすぐ左手にある薄汚いラーメン店の横に、急いで車を駐車させた。

花子も尿意を我慢していたらしく、山内のすぐあとから、店の裏手の仮設トイレに駆けこんだ。

3

まずいラーメンを半分ほど残し、山内は花子を促して、再び車に乗った。

君津市から県道にはいると、道路の渋滞は急に緩和され、やがて前方に「鴨川市」の標示板が見えてきた。

外房線の鴨川駅の前を通り過ぎ、市街地にはいったが、地震による被害は思ったほどではなく、木造住宅の何軒かは押しつぶされ、傾いていたが、ビルや鉄骨入りの建物はしっかりと建っていた。

市街地を抜けて少し走った海岸ぞいに、鴨川シーワールドがあったが、入口には「補修中のため休園」という大きな立て札が立てられていた。

「友だちの家というのは、どのへん?」

山内が訊ねた。

「太海海岸から、ちょっとはいった所。でも、車は通行できないと思うわ」

太海海岸一帯は、鴨川市内でも一番被害をこうむった場所で、車が海岸に近づくにつれ、崩壊したり、焼け落ちた建物が多く眼につくようになった。

ことに、海岸ぞいの旅館街の破損はひどく、大半の木造の建物が傾いたり、崩れ落ちたりしていた。

「やっぱり、すごかったのねえ、あの地震」

海岸にひろがる被災地を眺めながら、花子が言った。

「ああ。なにせ東京では、ばあちゃんが腰を抜かしたぐらいだから」

家のトイレの便器に腰をおろしたままのタツの姿を、山内は思い起こした。

「このあたりで停めてくれない。私は歩くから」

花子に言われて、山内は海岸ぞいの狭い空地に車を停車させた。

「じゃ、私は、このあたりをぶらついているから」

車からおりた山内は、そう言って、花子のうしろ姿を見送った。

すぐ眼の前の海に、個人の所有物だという仁右衛門島（にえもんじま）が浮いていた。

その小さな島は観光名所になっていて、舟で往復できるようだったが、その手漕（てこ）ぎの小舟は破損し、波打際で横倒しになっていた。

同じ場所にいても時間はつぶせなかったので、山内はタバコを足で踏み消し、旅館街を離れた。

山内はこのとき、花房佳子が住んでいた「鴨川荘」とかいうマンションをふと思い出し、あたりに視線を配った。

太海海岸のすぐ海ぞいにあった佳子のマンションは、あの地震のさいに被害にあい、建物が傾き、二階が抜け落ちたという話だった。

山内がさらに歩いて行くと、それと思われるマンションはすぐに視界にはいった。

五階建ての白亜のマンションで、建物全体が海岸に向けて三十度ほどに傾き、二階と三階の一部がぺしゃんこに押しつぶされていた。

その周辺の古い民家は、いずれも崩れ落ち、瓦礫（がれき）の山をつくっていた。

傾いた白亜のマンションの前には、五、六人の報道関係者がいて、テレビカメラをかついだ男があたりを動きまわっていた。

山内が報道関係者の間を通り抜け、マンションの玄関の前に立つと、右手の壁に「鴨川荘」という古い表札が取りつけられていた。

そのとき、玄関から、大きな風呂敷（ふろしき）包みを抱きかかえた初老の女性が出てくると、立っている山内に、にこやかに会釈した。

「このマンションにお住まいの方ですね？」

山内は女性の会釈につられて、そんな言葉をかけた。

「そうです。この三階に住んでいる太田という者です」

女は山内を報道関係者の一人と思い違いをしたらしく、名前まで披露した。

「大変だったでしょう、あの地震のときは」

と山内が言った。

「ええ、そりゃもう。パジャマ姿のまま、外に飛び出しましたよ、主人と一緒に」

主婦はそう言うと、手に抱えていた風呂敷包を足許にどさりと置いた。

「いまは、避難所生活ですか？」

「ええ、そうです。部屋に置いたままの品を取りにきたんです」

「すると、丘の中腹とかにある、公民館に？」

「最初は、そこに避難していたんですが、余震がきて、建物の一部が壊れてしまいましてね。それで、図書館に移ったんです」

主婦は話好きとみえ、流暢な口調で言った。

山内が想像したとおり、主婦は花房佳子と同じ公民館に避難していたのだ。

「あなたと一緒に避難した、花房佳子さんという女性をご存じですか？」

「花房さん……ええ、よおく存じあげています。私と同じ三階の部屋に住んでおられた方ですから」

　主婦は、にこやかに答えた。

「でも、いまはおられません。部屋の荷物などはそのままにして、東京の家に戻られたんです」

「そうですか」

　山内は、わざとそんな対応をした。

「お気の毒ですわ、ほんとに」

「は？」

「ここに見舞いにこられたご主人が、公民館の建物の下敷きになって亡くなられたんですもの」

　花房潤一の本当の死因を、まだ知らなかった主婦は、細い眼許をうるませるようにした。

「そうでしたか」

「あの余震が、一時間ほど早くに起きていたら、私も主人もどうなっていたかわかりませんわ」

「どうしてですか？」

「避難所をこっそり抜け出して、このマンションに衣服などを取りに戻っていたからです、主人と一緒に」

そんな主婦の話を聞き、山内は堂島志津の話をふと思い出した。

志津と花房佳子の二人も、あの余震の起こる一時間ほど前に、このマンションの部屋にはいり、必要な品物を持ち出していたのである。

「運がよかったですね。あの余震で、このマンションの一部が、また崩れ落ちたとか聞いていましたから」

「ええ。三階の角部屋の、花房さんのお部屋が。花房さんたちも、あのとき部屋で荷物をバッグにしまいこんでいたんです」

と主婦が言った。

「すると、あのとき、このマンションで花房さんと一緒だったんですね？」

「そうです。私が壊れたドアから顔をのぞかせて、花房さんに声をかけたんです。もう一人、お知り合いの女性もおられましたが」

「そうですか」

「花房さんは、以前からひどい不眠症にかかっていましてね。病院から睡眠薬をもらっていたんですが、その紙袋がどこにも見つからないと言って、台所のあちこちを捜していたようです」

「不眠症にですか」

花房佳子が不眠症にかかっていたことは、山内には初耳だった。

「だから、その代わりにアルコールを持って行ったんだと思いますけど」

と主婦が言った。

「アルコールを?」

「ええ。台所のテーブルの下に転がっていた、ボトルを」

「ボトル……」

このとき、山内の眼の前を、一本のジョニ黒の瓶がかすめ過ぎた。

「ジョニ黒でした、飲みかけの」

主婦は、そう言った。

「飲みかけの、ジョニ黒……」

山内は思わず、主婦の肥った顔を見守った。

「花房さんは、さほどアルコール好きではありませんが、たまに風呂上がりに、水割りを飲んでいたようですから」

「花房さんはそのジョニ黒を、バッグに入れたんですね?」

山内が、確認した。

「ええ。お連れの女性と一緒に部屋を出ようとしたとき、花房さんは思い出したようにして台所に戻り、ジョニ黒をバッグにしまったんです」

と主婦が答えた。

「知りませんでしたよ、花房佳子さんもジョニ黒を避難所に持ちこんでいたなんて……」

そんな山内の言葉は、主婦にではなく、自分自身に向けられたものだった。

4

主婦と別れた山内は、また報道関係者の間を通り抜け、仁右衛門島の見える、車を駐車させた場所に戻った。

——花房佳子の部屋にあったジョニ黒。

山内の考えは、それに集中した。

「あのジョニ黒だわ……あの中に毒が……」

堂島志津のそんなつぶやきが、また山内の耳許で聞こえた。

「あのジョニ黒……」とは、鴨川の佳子の部屋にあったジョニ黒とも、充分に受けとれるのだ。志津は佳子と一緒にマンションの部屋にはいり、必要な品をバッグに詰めこんでいたのだ。

だから、台所のテーブルの下に転がっていたジョニ黒を眼に入れていても、不思議ではないのだ。

山内が仁右衛門島を眺めながら、四本目のタバコを灰にしたとき、背後に花子の声が聞こえた。

「ごめんなさいね、おにちゃん。待たせちゃって」

「いや、なに。別に退屈はしなかった」

「どうかしたの?」

花子が、山内の顔をのぞきこんだ。

「なにが?」

「なんだか、疲れたような顔してるから」

「さっき、佳子さんが住んでいたマンションまで足を運んでね」

「あら、そうだったの」

「おもしろいことがわかってね。そのことをずっと考えていたんだ」

「なんなの？」

「車の中で話すよ」

山内は最初に助手席のドアを開け、運転席に座った。

「まっすぐ、東京に帰る？」

花子が訊ねた。

「同じ道を帰るのも、芸がないな。勝浦に出て、養老渓谷にでも寄ろうか」

「ええ、そうね」

「なんなら、温泉に一泊してもいいんだがね」

山内は上半身を傾け、花子の間近に顔を寄せた。

「だめよ、そんなの」

花子はくすりと笑い、人差指で山内の額をこづいた。

5

「へええ。佳子さんのマンションの部屋に、ジョニ黒が……」

山内の話の途中で、花子は声高にそう言った。

「そして、佳子さんはそのジョニ黒を避難所に持ちこんだんだ。あの主婦は、不眠症にかかっていた佳子さんが、失くした睡眠薬代わりに飲もうとした、とか考えていたようだがね」

山内は車を128号線に入れ、勝浦に向かって走行した。

「すると、おにちゃん」

花子が首をねじ曲げるようにして、山内の横顔を見た。

「すると、そのジョニ黒の中に毒物が入れられていたと？」

「そう思うね、私は。潤さんはね、佳子さんがマンションから持ち出した、飲みかけのジョニ黒を飲んで死んだ、と私は思うんだがね」

山内は信号が赤になるのに気づき、急ブレーキをかけると、

「志津さんは、佳子さんがマンションの部屋からジョニ黒を持ち出していたことを思い出したんだ。つまり、潤さんを毒殺したのは佳子さんだと信じ、それで相手を脅迫しようとしたんだよ」

と言った。

「やっぱり、佳子さんだったのね、潤さんを殺したのは」

「しかしだね、花ちゃん」

山内は首を曲げ、花子と短く視線を合わせた。

「潤さんは、佳子さんが持ちこんだジョニ黒を飲んで死んだ。しかしだ。しかし、佳子さんは部屋から運んだそのジョニ黒の中に、毒物が入れられていたなんて、夢にも思わなかったんだよ」

「え？」

花子は、黒い眼を丸くした。

「もしも、佳子さんが潤さんを殺そうとして、前もってそのジョニ黒に毒物を入れておいたとしたら、それをマンションの部屋から持ち出すときには、もっと用心深く行動したと思うんだ」

「と言うと？」

「佳子さんはあのとき、ドアの所にいた主婦の眼の前で、そのジョニ黒をバッグにしまいこんでいたんだよ。潤さんを毒殺しようとした毒入りのジョニ黒だったとしたら、佳子さんはそんな軽率な行動はとらなかったはずだよ」

山内が言った。

「なるほど。毒物入りのジョニ黒が、前もって用意されていたという、おにちゃんの考えは、やっぱり正しかったのね。あ、おにちゃん、青よ」

花子は、山内に注意を与えて、

「でもね、そうなると、いったい誰が、そのジョニ黒に毒物を？」

と訊ねた。

「答えは、簡単だ」

「だから、誰が？」

「佳子さんに死んでもらいたいと以前から願っていた人物――つまり、崎岡岳夫だよ」

山内が言った。

「崎岡さんが……」

花子が、また首をこちらにねじ曲げた。

「そう。崎岡岳夫さ。彼が毒入りのジョニ黒を用意したんだ」

「でも、なんでまた、崎岡さんがそんなことを？」

眼を丸くしたまま、花子が訊ねた。

「思いあまってのことだろうね。崎岡は佳子さんと手を切りたがっていた。ところが、佳子さんは別れようとせずに、しつこくまつわりついていた。佳子さんときっぱり別れるためには、相手を殺すしかないと崎岡は思ったんだ」

と山内が答えた。

「崎岡さんが殺意を持っていたことを、佳子さんは知っていたのかしら？」

「知っていたさ、もちろん。つまり、崎岡が毒入りのジョニ黒を用意したことを、ちゃんと知っていたんだ」

「いつ？」

「潤さんの事件のあとでだ」

「でも、佳子さんはそんな恐しいことに気づいていながら、なぜ……」

「崎岡に、なんらかの方法で復讐（ふくしゅう）しようと考え、そのためになにも知らないふりを装っていたんだろうね」

「恐しいわ。ほんとに、恐しい」

花子は低く言って、そのまま黙りこんだ。

山内はチューインガムを口に入れ、事件のことを最初から順を追って考えた。

6

山内は花子を家まで送り届け、車を自宅の駐車場にしまった。

店のドアを開けると、タツが座敷に腰かけてテレビを観ていた。

「ばあちゃん。ただいま」

「ずいぶん遅かったじゃないか。なにしてたんだい」

タツは不機嫌に言って、山内をじろりとにらんだ。

「遅いって、まだ七時前だよ」

「さっき、『花や』に電話したんだよ。ママに鼻毛でも抜かれてんじゃないかと思ってさ」

「また、それだ。なにも、店にまで電話しなくったって」

「用事があったからしたんじゃないか」

「用事?」

「ああ。六時ごろに、丹波警部から電話があったからさ」

「ほう。事件のことで、なにか言ってた?」

「おまえと直接話したいってさ」

タツは、にわかに顔を和ませると、

「またあたしの勘が当たったとか言ってたね。さすがは、ミス・マーなんとかだって。おもしろい人だねえ、あの丸顔の警部は」

と言った。

「ほう。また、ばあちゃんの勘がねえ」

山内は言ったが、その内容については見当がつかなかった。

「あ、それからね。あした浅草署にきてくれないかってさ」

山内の背中に、タツがそう言った。

7

二階の部屋で着替えを済ませた山内は、子機を手に取り浅草署に電話を入れた。

丹波警部は待っていたかのように、すぐに電話に出た。

「いやあ、わざわざすみませんねえ」

「留守にしていて、申し訳ありません」

「ご婦人とドライブだったとか。お楽しみでしたね。で、どちらへ？」

と丹波が言った。

「相手の用事で、鴨川の被災地まで」

「ほう。鴨川へ」

「事件のことで、なにかわかったんですか？」

山内が訊ねた。

「堂島志津さんの、例の電話の一件が、おかげさまではっきりしましてね」

「佳子さんに当たったんですね？」

「ええ。彼女はやはり、内線通話の志津さんの声を聞いていたんですよ。彼女は子機ボタンを押して通話を切り、おばあちゃんが言ったように、なに食わぬ顔で二階に上がって行ったんです」

「で、志津さんが伝えた、犯人の名前は？」

「思ったとおりでした。崎岡岳夫ですよ」

　丹波が言った。

「そうですか。で、彼女がそのことを黙っていた理由についてはなんと？」

「崎岡が犯人だなんて、とても信じられず、聞き違いではないかと思い、言い出せなかったとか」

「苦しい答弁ですねえ」

「まったく。彼女の理由は、はっきりしていますよ。崎岡の魂胆を、とうに見抜いていたんですから。つまり、一億五千万をひとりじめにするために、口をつぐんでいたんですよ」

　と丹波が言った。

「じつは、丹波さん。私のほうからも話したいことがあるんです、鴨川のことで」

「ほう。なんですか？」

「潤さんが飲んだ、毒入りのジョニ黒のことです。あのジョニ黒は、佳子さんのマンションに置いてあったものだったんです」

「え？」

「詳しくお話しします」

　マンションで出会った初老の主婦の話、そして崎岡と佳子のことについて、山内は丹波にこまかに語った。

「なるほど。毒入りのジョニ黒は、崎岡が用意したものだったんですか」

　話を聞き終わると、丹波はそう言って、大きくため息をついた。

「そうです。佳子さんがそのジョニ黒に口をつけなかったのは、彼女がたまたま胃を悪くし、アルコールをしばらく絶っていたからなんです」

「なるほど」

「この件については、崎岡も言いのがれはできないと思いますよ」

「おばあちゃんにも話したんですが、あす浅草署にお越し願えませんかね。事件をしめくくりたいと思いますので」

と丹波が言った。

「わかりました」

「あのミス・マープルおばあちゃんもご一緒に」

「さあ。ばあちゃんはどうでしょうか」

「山内さんからも誘ってみてください」

「ところで、丹波さん」

先刻のタツの話を思い出し、山内が訊ねた。

「ばあちゃんの勘が、また当たったとかいう話でしたが、なんのことですか？」

「そうそう。言い忘れるところでした。例の一之沢たか子さんの素行調査のことです」

と丹波が答えた。

「ああ。あのこと」

「事件には関係ありませんが、ちょっと驚くべきことがわかりましてね」

「つまり、佳子さんの行動には、やましい点があったということですね？」

「そうです。念のためにと思って、一之沢さんが勤めていた探偵事務所で調べてみたんですよ。一之沢さんは、花房佳子の素行調査に関して偽りの報告をしていましてね」

「ばあちゃんの考えたとおりだったわけですね」

「一之沢さんは、二通の報告書を作成していたんです。花房佳子の不倫を突きとめた一通の報告書が、事務所の上司の手許に残されていましてね」

と丹波が言った。

「おそらく、その不倫相手は、崎岡岳夫だったと思いますが」

気乗りのしないままに、山内が言った。

「ところが、違うんですよ、山内さん」

「すると、ほかの男だったんですか？」

「ええ。考えてもみなかった人物でした」

「誰ですか？」

山内は思わず、口早に訊ねた。

「それは、花房波次郎さんでした」

丹波が答えた。

「え？」

「素行調査を依頼した花房潤一さんの、腹違いの弟、波次郎さんだったんです」

「波さんが……」

「ええ。事実です」

ったたんでしょうかね」


「でも、そんな……」

山内の受けた衝撃は、もちろん少なからぬものがあった。

あの波次郎が、佳子とそんな関係にあったことなど、山内は想像したこともなかったからだ。

「一之沢さんの調査は、六年前のものです。花房佳子を尾行し、彼女が波次郎さんと一緒にモーテルにはいった事実を、一之沢さんは再度にわたって報告書に記載しています。この報告書の内容は、依頼人の潤一さんには渡りませんでしたけど」

と丹波が言った。

「信じられない話です、私には」

「ですが、山内さん」

丹波が、改まった口調で言った。

「一之沢さんは花房佳子のそんな不倫の事実を、なぜありのままに潤一さんに報告しなかったんでしょうかね」

「かばったんですよ、波さんを」

思いつくままに、山内が言った。

「なぜです?」

「たかちゃんは高校時代の夏、数人の男に暴行されかけたことがあったんです。そのとき、体をはってたかちゃんを救ったのが、波さんでした。たかちゃんは、そのことをずっと恩義に感じていたんだと思いますが」

と山内が言った。

「なるほど。波次郎さんが、そんなことをねえ」

「とにかく、驚きましたよ、いまの話には」

「おばあちゃんの眼力には、脱帽といったところですな。さすがは、浅草のミス・マープルです」

丹波は言って、電話を切った。

8

その夜、山内はビールを一本だけ飲んで食事を終え、早々と二階の部屋にはいった。

寝床にもぐった山内だったが、アルコールを控えたせいで、なかなか寝つかれなかった。

山内は何本目かのタバコに火をつけ、事件のことにあれこれと思いをめぐらせた。

山内の頭の中では、一連の事件はそれなりに解決していたが、ひとつだけ釈然としないものが残った。

それは、一之沢たか子の事件だった。

たか子がマンションの屋上から突き落とされるに至った理由を、山内はまだしかとは把握できていなかったのである。

崎岡岳夫の犯行であったにしても、彼はいかなる理由から、たか子を屋上から突き落としたのだろうか、と山内は思った。

沼田や丹波が指摘したように、たか子が死亡すれば、遺産の相続分はそれだけ増えることになるが、理由は単にそれだけだったろうか、と山内は思った。

――たか子は、なにか真相を知っていた。

山内はつぶやき、そのためにたか子は殺されたのだと思った。

たか子の整った顔を思い描いていたとき、ふいに波次郎の暗い陰気な顔が、その背後に浮かび上がった。

一連の事件とは無関係だったが、佳子と波次郎が不倫関係にあり、その事実をたか子が突きとめたという一件は、山内にはやはりショックだった。

母のタツは、たか子が虚偽の報告をし、佳子が不倫を働いていたことを、みごとに見破っていたのだ。

「あたしゃねえ、たかちゃんを殺したのは、佳子さんじゃないのかなあ、って思ったりして」

あのとき、タツが丹波に言ったそんな言葉が、山内の脳裏によみがえった。

不倫関係を嗅ぎつけられた佳子が、たか子の口を封じた、とタツは言いたかったのである。

――たか子はその不倫に関して、なにか別のことを知っていたのではないか。

そんな考えが、いきなり山内を捉えた。

たか子が殺されたのは、不倫そのものではなく、それに関するなにかの真相を知っていたためではないのか、と山内は考えたのである。

――その真相とは、いったいなにか。

山内は考えたが、もちろん答えは容易には得られなかった。

山内は新しいタバコに火をつけ、たか子の事件を最初から回想した。

「さき……」

たか子が死の直前に言い残した、その短い言葉を、山内は二、三度つぶやいた。

それが人名の一部分だとしたら、崎岡岳夫以外には該当者は見当たらなかった。

――さき。

山内は思わず、はっとして、薄暗い天井に眼をこらした。

崎岡岳夫以外にも、その人名に該当する人物がいることに、山内はこのときはじめて気づいたのだ。

山内はその人物の顔を宙に描きながら、考えにふけった。

考えが少しずつ進むにつれ、山内の体はじっとり汗ばんだ。

――押入れの死体。

寝具の上からのぞいていた花房波次郎の死に顔が、山内の眼に迫ってきた。

――押入れに積まれた三つの寝具。

押入れにそれらの寝具を投げ入れている人物の姿が、眼の前にありありと浮かび上がった。

――そうだったのか。

山内はこのとき、花房波次郎の死の真相を、はっきりと理解したのだった。

「ばあちゃん。ばあちゃん……」

山内は小声で呼びかけ、中腰のまま、タツの部屋のふすまをそっと開けた。

「ばあちゃん……」

寝床にはいっていたタツは、寝返りを打って山内に顔を向けた。

「寝ぼけるんじゃないよ。さかりのついた猫みたいな声出してさ。気持ち悪いよ、まったく」

「わかったんだよ……」

「あたしゃね、おまえの母親だよ。『花や』のママじゃないんだから」

タツのそんな言葉に、山内はふすまを荒々しく閉じた。

第十三章　消えた遺産

1

二月二十四日。

二階で和服に着替えた山内鬼一は、階段をおりて、タツのいる居間をのぞいた。

「浅草署に出かけるんだけど、ばあちゃんも行かない？」

と山内が言った。

「あたしゃ、やっぱし遠慮しとく」

「丹波さんが、がっかりするぜ、きっと」

「あたしゃね、警察の前を通っただけでも、心臓がどきどきするんだから」

とタツが言った。

丹波に言われたとおり、誘ってはみたものの、タツが同行しないことは、最初からわかっていたのである。

「じゃ、行ってくるから」

山内は財布をポケットにしまい、タツの前を離れた。

「あとで話を聞かせておくれ。だから、まっすぐに帰ってくるんだよ、『花や』なんかに寄らないでさ」

山内の背後で、タツが釘を刺した。

2

山内が先日と同じ二階の部屋に案内されると、テーブルの前には、沼田警部と花房佳子の二人が座っていた。

「やあ。ご苦労さま」

沼田が声をかけ、佳子は軽く山内に会釈した。

いつもは厚化粧の佳子だったが、今日は化粧を落とし、浅黒い頬を丸出しにしていた。

山内が端の椅子に腰をおろすと、右手のドアが開き、丹波警部が顔を見せた。

丹波のすぐ背後からはいってきたのは、黒っぽいジャンパーを着た崎岡岳夫だった。

重要参考人として取り調べを受けている崎岡は、無精ひげの顔で山内たちを眺めやった。

崎岡の自慢の口ひげも長く延び、細い顔からは持ち前の気品も消え失せていた。

「これはいったい、どういう趣向ですか。山内さんや佳子さんまで呼びつけたりして」

ソファに座ると、崎岡が沼田に言った。

「今回をもって、退屈な取り調べにピリオドを打とうと思ってね。つまりは、大団円ってわけだ」

沼田が、とがった口調で言った。

「でもね。私の答えは変わりませんよ。何度も言っているように、私は誰も殺してはいないんだから」

崎岡が言って、縁なしの眼鏡に手を当てた。

「なら、私も同じことを繰り返そう。鴨川(かもがわ)の避難所で花房潤一さんが死亡したのは、あんたが以前から用意していた毒入りのジョニ黒を飲んだためだ。そして、堂島志津さん、一之沢たか子さん、それに花房波次郎さんの三人を次々と殺して行ったんだ」

と沼田が言った。

「繰り返しますが、その動機は?」

「金だよ。あんたは花房佳子さんと一緒になり、その遺産にありつこうとしたんだ。そのためには、まずご主人の花房潤一さんに消えてもらう必要があったってわけだ」

「あのとき潤一さんに渡したのは、店にあった衣類だけです。毒入りのジョニ黒なんて渡した憶えはありません」

「崎岡さん。あんたは、私の話を聞きのがしているようだね」

「え？」

「私はいま、こう言ったんだよ、『あんたが以前から用意していた毒入りのジョニ黒を……』、と」

「聞いていますよ、そのとおりに」

「しかしですね、崎岡さん」

沼田とは対照的に、柔らかい口調で丹波が言った。

「その『以前から』というのは、あの地震の起こる前から、という意味なんですよ」

「え？」

山内が思ったとおり、無精ひげの崎岡の細い顔に変化が走った。

「もっと具体的に言いましょう。その毒入りのジョニ黒はですね、鴨川の花房佳子さんの、マンションの台所に置いてあったんですよ、あの地震の起こる前から」

「な、なんですって……」

崎岡の声は明らかにうろたえていたが、佳子は黙って眼を閉じていた。

「ところで、花房さん」

丹波が、佳子に言った。

「あなたは余震が起こる前に、堂島志津さんと一緒にマンションの部屋に戻り、必要な品を持ち出していましたね。そのときに、台所にあった飲みかけのジョニ黒も、バッグにしまったんです。睡眠薬の紙袋が見当たらなかったために、薬の代わりにジョニ黒を飲もうと思ってです」

「つまり、佳子さん。あなたは、そのジョニ黒の中に毒物が入れられてあったことなど、つゆ知らなかったということです。そのことを知ったのは、潤一さんの死が服毒死と聞かされた直後だったはずです」

沼田が言うと、佳子は眼を閉じたまま、黙ってうなずいた。

崎岡は眼鏡をずり下げたまま、茫然（ぼうぜん）と沼田を見つめた。

3

「崎岡さん。お聞きのとおりです」

　丹波が言った。

「あなたは地震の起こる前に、鴨川の佳子さんのマンションを訪ね、佳子さんが日ごろから飲んでいたジョニ黒の中に、毒物を落とし入れてマンションを離れたんです。その目的は、もちろん佳子さんを殺すためでした。あなたはそうする以外に、佳子さんとは別れられないと思ったからです。愚かな考えでしたね」

「ち、違います」

「だが、あなたの思惑どおりには事は運ばなかったんです。佳子さんは折から胃を悪くし、そのジョニ黒には口をつけなかったからです。佳子さんの手で避難所に運ばれたそのジョニ黒を、代わりに花房潤一さんが飲み、死んでしまったんです」

「違います……」

　崎岡が力のない声で言うと、佳子は眼を開け、崎岡と視線を噛み合わせた。

「佳子さんがマンションから持ち出したジョニ黒で、花房さんが服毒死したことを、堂島志津さんは気づいたんです。志津さんは、佳子さんが花房さんを殺したと思い違いをし、佳子さんを脅迫したんです」

　丹波は、佳子に視線を向けて、

「間違っていますか?」

と訊ねた。

「そのとおりです。すべて正直に申しあげます。志津さんは亡くなった日の前日、私の事務所に現われて、遺産の半分を要求したんです。私は犯行を頭から否定し、それで言い合いになったんです」

崎岡をにらむように見ながら、佳子が言った。

「崎岡さん」

沼田が言った。

「あんたはあのとき、志津さんのつぶやきを聞き、ジョニ黒の一件を志津さんに気づかれたことを知ったんだ。不安にかられたあんたは、志津さんの家を訪ね、背後からナイフを突き刺したんだ」

「私ではありません。私は志津さんを殺してはいません」

崎岡は訴えるように言って、無精ひげの顔を激しく左右に振った。

「志津さんはね、犯人の名前を言い残していた、内線通話を使って。そのとき一階の店にいた佳子さんが、その志津さんの声をはっきりと耳にしていたんだよ」

沼田は、視線を佳子に移し、

「あなたが耳にした犯人の名前は、崎岡岳夫だったんですね？」

と確認した。

佳子は崎岡を見つめたまま、黙って二、三度小さくうなずいた。

「嘘（うそ）だ。嘘だ……」

崎岡がソファから腰を浮かし、叫ぶように言った。

「あんたは次に、二年前に離婚した一之沢たか子さんを、マンションの屋上から突き落として殺した。彼女が死の直前に言い残した『さき』という言葉は、あんたの名前の一部だったんだよ」

「それも違う。私がなんで、たか子を……」

「単純な理由からだ。彼女が死ねば、遺産の全部が咲江ちゃんの母親、佳子さんの手に渡ることになる。あとは、佳子さんをうまく言いくるめて一緒になるだけだった」

「ですが、花房波次郎さんが、あなたのそんな目論（もくろ）みに気づき、あなたに疑いの眼を向けたんです」

丹波が言った。

「あなたは波次郎さんに農薬を飲ませて殺し、その死体を押入れに隠したんです」

「そんなことはしていません。波次郎さんを殺したのも、私じゃない……」

「地獄に堕ちるといいわ。あんたなんて、死刑にされて当然よ」

佳子が眼をつり上げ、激しく崎岡をののしった。

「ばかな。私じゃない。私は、はめられたんだ……」

崎岡が言ったとき、部屋のドアに軽いノックの音が聞こえた。

4

ドアから顔をのぞかせたのは、先刻山内をこの部屋に案内した婦人警官だったが、その傍らに立った和服の人物を見て、山内は思わず、小さく声を上げた。

ミス・マープルばあちゃん、母のタツだったのだ。

「やあ、これはこれは、おばあちゃん。よくこられましたねえ」

丹波が例によってやさしく声をかけ、いそいそとそばに近寄って行った。

「やっぱし、きてしまいました。店にいても、あたしが鮨をにぎるわけじゃないもんで」

タツが言って、山内に小さく笑みを送った。

「お待ちしていたんですよ、おばあちゃん。さあ、どうぞ、どうぞ」

丹波は、タツを山内の隣りの椅子に座らせた。

「で、結局、犯人は誰に決まったんですかね」

タツが言って、崎岡と佳子の顔を交互に眺めまわした。

「私じゃない……」

崎岡が低い声で言って、頭をがっくりとうなだれた。

5

「潤さんを死に至らしめたのは、間違いなく崎岡岳夫さんでした」

山内は、沼田と丹波を順ぐりに眺めながら、

「しかし、堂島志津さんと一之沢たか子さんの二人を殺したのは、崎岡さんではありません」

と言った。

「山内君。いきなり、なにを言い出すんだ……」

沼田は山内の顔をまじまじと眺め、丹波はどんぐり眼を大きく見ひらいた。

「じゃ、おにちゃん。いったい誰が犯人だったと言うの?」

佳子が、前こごみになって訊ねた。

「犯人の名前を言う前に、佳子さんに確認したいことがあるんだ」

「なにを？」

「志津さんが内線通話で言い残した、犯人の名前だ」

山内が言うと、佳子は一瞬視線をそらせた。

「ですから、さっきも言ったように、崎岡さんの名前を……」

「佳子さん。このさい正直に答えてくれないか」

「でも……」

「志津さんが言い残した犯人の名前は、崎岡さんではなかったはずだよ。彼女が伝えたのは、別の名前だった」

「いえ……」

佳子は、浅黒い顔をうつ向けにした。

「じゃ、私から言おう。志津さんが伝えた名前は、花房波次郎——波さんだったんだ」

山内が言った。

「じゃ、じゃ、おまえ。波さんが犯人だって言うのかい。ええ？」

タツが高い声で言って、椅子から立ち上がった。

「ばあちゃん。そうなんだよ。波さんが、志津さんとたかちゃんの二人を殺してしまったんだ」

　と山内が言った。

「おまえ、頭おかしくなったんじゃないのかい」

「いたって正気だよ。多少は寝不足だけど」

「だってさあ、おまえ。なんで、波さんが……」

「ちょっと、ちょっと、おばあちゃん。山内君の説明を聞こうじゃありませんか」

　沼田が苛だった口調で言って、長い顔を山内に向けた。

「話してくれないか、山内君」

「波さんは兄の潤さんが死亡したことを、もちろん深く悲しんだはずだ。しかし、潤さんの死によって、その遺産が佳子さんの娘、咲江ちゃんに渡ることになったのを、波さんはなによりも喜んだんだ」

　山内が言った。

「なぜ、そのことを波次郎が喜んだんだね？」

「そのことは、あとで説明する」

　山内はそう断って、話を続けた。

「いまも話に出たように、佳子さんを亡き者にしようとして、崎岡さんが用意した毒入りのジョニ黒を、避難所で潤さんが飲んでしまい、死亡した。堂島志津さんは、そのジョニ黒が佳子さんのマンションの部屋から持ち出された物だったことに気づき、佳子さんが潤一さんを毒殺したと信じこみ、佳子さんを脅迫したんだ。志津さんは殺された日の前日に、佳子さんの事務所を訪ね、ジョニ黒の一件を伝え、そのことで口論となった。佳子さんは先日、『花や』で私と顔を合わせたとき、その口論は売地に関する仕事上のことだとか説明したが、それはあくまでも作り話だったんだ」

と山内が言った。

「それで？」

「その二人の口論を、たまたま駐車場にいた波さんが耳にしたんだ。そして、波さんは仲裁にはいった。佳子さんは、波さんがなにも事情を知らないままに、仲裁にはいったと私に話していたが、波さんは話の内容をすべて耳に入れていたんだ。波さんはそのとき、志津さんをこのままにはしておけないと思ったんだ」

「つまり、そんな二人のやりとりを耳にした波次郎は、佳子さんが潤一さんを毒殺したと思いこんでしまったんだね？」

「だと思うね」

「しかしだね、山内君。波次郎はなぜ、志津さんをこのままにはしておけないと思ったんだね？」

「さっき佳子さんが打ち明けていたが、志津さんはそのとき、咲江ちゃんが相続する遺産の半分を、佳子さんからゆすり取ろうとしたからだよ。波さんは、そのことが許せなかったんだ」

「しかしだね、なぜ、波次郎が……」

「その説明も、あとでするよ」

　山内が、話を進めた。

「志津さんはあの日、私の店に二人前の鮨を注文し、佳子さんを家に呼び寄せていたんだ。ジョニ黒の一件で、再度話をするために。佳子さんは約束どおりに出向いたが、ひと足先に波さんが志津さんを訪ねていたんだ。そして、波さんはナイフで志津さんの背中を刺し、うちのばあちゃんと佳子さんが現れるほんの少し前に、裏口から逃げ出したんだ。刺された志津さんは、そのとき一階の店に人声を聞きつけ、その人物に犯人の名前を伝えようとして、傍らの子機を手に取った。そして、志津さんは内線通話で……」

「佳子さん。自分の口から、正直に答えてくれませんか。あなたがあの電話から耳にした犯人の名前を」

　沼田が詰め寄るようにして、佳子に言った。

「波次郎さんでした」

佳子は顔を伏せたまま、ゆっくりと言った。

「志津さんはあのとき、『私をナイフで刺した……波次郎が……』、そう言ったんです」

「でも、佳子さん。なぜ、そのことをいままで黙っていたんですか？」

「波さんを犯人にしたくはなかったからだ。つまり、佳子さんは、波さんをかばったんだよ」

代わって、山内が答えた。

それだけでは充分な説明にはならなかったが、山内はいまの時点では、あえて補足はしなかった。

6

「すると、山内さん」

山内がタバコに火をつけるのを待つようにして、丹波が言った。

「一之沢たか子さん殺しの犯人も、波次郎だったと？」

「ええ。最初に言いましたように」

「しかし、なぜ波次郎が、たか子さんを？」

「たかちゃんが亡くなった日の前の夜、彼女と波さんが前後して私の店に現れたんです。そのとき、うちのばあちゃんがたかちゃんに訊ねたんです、六年前に潤さんが依頼した佳子さんの素行調査の一件を」

山内が言うと、タツが深くうなずいた。

「ええ。そのことは知っています。たか子さんはそのとき、調査内容を偽っておばあちゃんに話したんです。佳子さんには、やましい点はなかったと言って」

丹波が言うと、佳子は顔を起こし、おびえた表情を見せた。

「たかちゃんが佳子さんの素行調査をしたという話を、波さんはそのときはじめて耳にしたんです。波さんにとっては、その事実は大きな衝撃でした。なぜなら、たかちゃんの調査によって、佳子さんとの不倫が暴かれたことを、波さんは知ったからです」

山内は、佳子の横顔を視界に捉（とら）えながら、

「佳子さんの不倫相手は、じつは波さんだったんです。たかちゃんはそんな二人の現場を幾度となく確認していたんです」

と言った。

佳子は口許を動かしかけたが、すぐにまた顔を伏せた。

「ほんとなのかい。波さんが佳子さんとそんなことをしていたなんて……」

タツが、驚き顔で言った。

「事実だよ。けど、たかちゃんは嘘の報告書を作り、それを依頼人の潤さんに手渡していたんだ。つまり、波さんをかばったわけさ。たかちゃんがそうしたのは、高校時代の一件で波さんに恩義を感じていたからだと思うけど」

「たかちゃんって、そういう人なんだよねえ」

タツが、湿った口調で言った。

「しかし、山内さん」

丹波が言った。

「波次郎がたか子さんを殺したのは、そんな六年前の不倫を知られてしまったからだ、と言われるんですか？」

「そうじゃありませんよ、もちろん」

山内は首を振った。

「佳子さんの夫、潤さんが生きているのならともかく、そんなことでは、たかちゃんを殺したりはしません。動機は、別にあったんです」

「どんな動機が？」

「咲江ちゃんの出生に関することです」

山内は言って、佳子のこわばった横顔に眼をやった。

「出生に？」

「六年前の佳子さんとの不倫の事実を、たかちゃんに知られた波さんは、にわかに不安を抱いたんです、咲江ちゃんの出生の秘密をも、たかちゃんに知られたのではないかと」

と山内が言った。

「出生の秘密……すると、咲江ちゃんは……」

丹波が言葉を途切らせ、佳子に視線を投げた。

「おにちゃん。いいかげんにしてください……」

佳子が、噛みつくような口調で言った。

「いったい、なにを根拠に、そんな話を持ち出すんですか。咲江は、私と潤一の子どもなんです」

すべての視線が佳子に集中し、沈黙が訪れた。

「つまり、山内君」

押し殺したような口調で、沼田が言った。

「咲江ちゃんは、潤一さんの子ではない、と言うんだね？」

「そうだ。咲江ちゃんの父親は、花房波次郎——波さんだったと思う」

山内が言った。

「波次郎が……」

「おまえ。まさか、あの波さんが咲江ちゃんの……」

タツが声をはり上げ、途中でつばを飲みこんだ。

「そうとしか考えられないんだ。佳子さんが、志津さん殺しの犯人をちゃんと知っていながら、ずっと口を閉ざしていたのは、咲江ちゃんの本当の父親を殺人者にしたくなかったからなんだ」

「あの波さんが……」

「波さんの動機は、咲江ちゃんに五千万という遺産をちゃんと残してやることだったんだよ。だから、佳子さんをゆすり、その遺産の半分を要求した志津さんを、波さんは許せなかったのさ」

山内が、タツに言った。

「咲江ちゃんが潤さんの子どもではなかったとすると、遺産は……」

タツが、また言葉を途切らせた。

「遺言状には、相続人が死亡した場合には、その相続人の血のつながった実子に、と明記されてあります」

沼田が、そんな説明をした。

「遺産はそうなると、咲江ちゃんには渡らない。波さんが、たかちゃんの存在を恐怖に感じたのは、そのためだったんだ」

「すると、たか子さんは、そんな出生の秘密を知っていたと？」

丹波が訊ねた。

「ええ。気づいていたはずです。咲江ちゃんはいま、五歳の幼稚園児です。佳子さんと波さんが関係を持ったのは、六年前のことでした」

山内が言った。

「波さんは、たかちゃんが出生の秘密に気づいていると信じ、だからその口を封じる必要に迫られたんです。マンションの屋上から突き落とされたたかちゃんは、死の直前に、『さき』と短く言い残しています。たかちゃんはそのとき、口許をしきりに動かし、なにかを言っていたそうですが、それは咲江ちゃんの出生の秘密を伝えようとしたんだと思います。つまり、『さき』は、咲江ちゃんの名前の一部だったんです」

「なにもさあ、なにも、たかちゃんを殺さなくったって……」

とタツが言った。

「ばあちゃんの言うとおりだ。たかちゃんは素行調査の一件でも、波さんをかばったんだ。咲江ちゃんの出生のことなど、口が裂けても喋らなかったはずなんだよ」

「たかちゃんって、そういう人なんだよねえ」

タツが、先刻と同じ言葉を繰り返した。

7

「志津さんとたかちゃんの二人を殺し、咲江ちゃんの遺産を守ろうとした波さんは、十九日の午後、自宅の押入れの中で死体で発見されました」

山内が言った。

「でもね、おまえ」

タツが慌てたように口をはさんだ。

「波さんは毒を飲まされて、押入れにほうりこまれたんじゃないのかい」

「私も、最初はそう信じて疑わなかった。だが、違うんだよ」

「つまり、自殺だったと?」

と沼田が訊ねた。

「そうだ。波さんは自分で農薬を飲み、空の押入れに自分からはいって、息絶えたんだ」

山内が言った。

「しかし、死体が発見されたとき、押入れには寝具が入れられてあったはずだが」

「そのとおり」

「でも、きみはいま、波次郎は空の押入れに自分からはいった、と言ったんだよ」

「波さんはあの日、寝具を押入れにはしまわずに、部屋の片隅に積み上げておいたんだよ。波さんが死んだあとで、その寝具は押入れにしまいこまれたのさ」

「でも、いったい誰がそんなことを?」

山内はタバコを灰皿にもみ消し、花房佳子を指さした。

「佳子さんだ。それができた人物は、佳子さんしかいなかったんだ」

「佳子さんが……」

沼田が視線を向けたが、佳子は放心したように宙の一点に見入っていた。

「佳子さんと一緒に波さんの店にはいったとき、私は一階にいた。佳子さんは二階に上がり、押入れの中の波さんの死体を眼にしたんだ。佳子さんはその死体をひと目見て、波さんが自殺したことを知った。だが、一階にいた私を呼ぼうとはせずに、佳子さんは毒入りの容器を手早くかたし、そして部屋の片隅に積み上げてあった寝具を、急いで押入れにしまいこんだんだ」

　山内が言って、

「最初に敷き布団、次に電気毛布、そして一番上に掛け布団を積み上げたんだ」

　と付け加えた。

「しかし、なぜそんなことを？」

「自殺ではなく、波さんは殺されたと思わせるためにだ。つまり、毒を飲まされ、押入れに投げこまれたと思わせるためにだ。寝具のしまわれた押入れの中で、毒を飲んで自殺する人間は、まずいないからね」

　山内が言った。

「私は押入れにしまわれた寝具の積まれ方を見て、ふと疑問に思ったんだ。その寝具は、一番上に掛け布団、その下に電気毛布、そして一番下に敷き布団が置いてあった。波さんが自分でその寝具を押入れにしまったとしたら、波さんの日ごろの習慣からして、そんな積み方はしなかったはずなんだ」

「つまり、山内さん」

　丹波が言った。

「佳子さんは波次郎の死を他殺にすり変え、崎岡岳夫を犯人に仕立て上げようとしたんですね？」

　そんな丹波の言葉に、崎岡は顔を起こしたが、佳子を見る眼はうつろだった。

「そのとおりです。佳子さんは自分に毒入りのジョニ黒を飲ませようとした崎岡さんを、当然のことながら許せなかったんです。だから、一連の事件の犯人に仕立て上げ、復讐しようと思ったんです。佳子さんが、崎岡さんとの秘密な関係を、私や『花や』のママに進んで話したのは、もちろん、そんな目的があったからこそでした」

　山内が答えて、

「波さんの死が自殺と判明したら、犯人は波さんということで事件は落着してしまい、佳子さんの復讐は実現しません。そのために、佳子さんは寝具を押入れにしまい、他殺に見せかけようとしたんです」

　と言った。

「でもさ、おまえ。波さんはなにも、自殺しなくったって……」

　とタツが言った。

「逃れられないと観念したからさ。志津さんが内線通話で話した犯人の名前を、佳子さんが耳にしていたことに、波さんはやがて気づいたんだ。だから……」

「なんてこったろうねえ。波さんは二人の人間まで殺して、遺産を咲江ちゃんに残そうとしたっていうのに……」

タツが佳子に言った。

「咲江ちゃんが潤一さんの実子でないとしたら、一億五千万の遺産は宙に浮くことになりますすな」

と沼田が言った。

「あんな変てこりんな遺言状を書いた、あのおじいちゃんが悪いんだ。あんな遺産さえなけりゃ、波さんだって死ぬことはなかったんだからねえ」

タツのそんな言葉に、誰も言葉をはさまなかった。

「それにしてもです」

丹波が、山内に言った。

「波次郎はなんで、あんな押入れの中を自殺の場所に選んだんでしょうかね」

「さあ」

思い当たることはあったが、山内はあえて言葉には出さなかった。

「波さんはきっと、佳子さんのことを思いながら死んで行ったんだと思いますねえ、このあたしは」

とタツが言った。

「と言うと？」

「波さんは子どものころ、父親に叱られると、よく押入れにはいって、しくしく泣いていたんですよ。そんなとき、佳子さんが一緒に押入れにはいって、波さんを慰めていたらしいんです。波さんはきっと、そのころから佳子さんを好いていたんじゃないでしょうかねえ。だから、押入れの中で佳子さんのことを思いながら……」

涙声で言ったタツの説明は、山内がぼんやり考えていたものと同じだった。

「なるほど。なるほどねえ。さすがは、おばあちゃんです。まさに……」

「浅草のミス・マープル、とか言いたいんでしょう」

涙の浮いた眼を細めながら、タツが言った。

エピローグ

花房佳子は山内タツのあとについて、堂島志津の店の中にはいった。

岡持(おかもち)を手にしたタツが、奥に向かって二、三度声をかけたが、なんの応答もなく、志津の姿は見えなかった。

タツは岡持をカウンターに置くと、また声をかけながら居間に上がり、ゆっくりと階段を昇って行った。

佳子は居間の上がり口に立ち、そんなタツのうしろ姿を見送った。

そのとき、佳子のすぐ傍らにあった電話が、短く一度鳴り、子機ボタンが赤く点灯した。

子機からの内線通話のようだった。

「はい……」

佳子が短く受け答えたとき、電話から苦しそうな呻(うめ)き声が洩(も)れてきた。

「助けて……」

電話から、いきなりそんな声が流れ、佳子は思わず身を固くし、言葉を失った。

それは、堂島志津の声だった。

「……私を、ナイフで刺した……」

続けて、彼女はそんな言葉を切れぎれに発し、最後に人の名前を言った。

…………

…………

…………

そのとき、二階からタツの短い叫び声が聞こえ、佳子は階段を駆け昇って行った。

佳子がタツの背後から和室をのぞきこむと、志津が両手で子機を握りしめたまま、うつぶせに倒れていた。

背中にナイフが深々と突き刺さり、白い衣服を赤く染めていた。

佳子が願ったとおりに、堂島志津はこの世から消え去ったのだ。

…………

…………

…………

彼女がそのとき言葉に出した犯人の名前を、佳子は誰にも明かすまい、と改めて決心した。

それにしても、あの花房波次郎がなぜ堂島志津をナイフで突き刺したのか、佳子にはまだ理解できなかった。